唐国の検屍乙女

小島 環

講談社
タイガ

キャラクター紹介

character

高《こう》九《く》曜《よう》

線が細く、艶やかな黒髪と白い肌の美少年。頭脳明晰すぎるがゆえに他人を馬鹿にしていて、容赦なく周囲の人を罵《ののし》るため腫れもの扱いされている。

許《きょ》紅《こう》花《か》

名医を父に持ち、自身も戦場で医者として活躍していた。怪我がきっかけで引きこもるようになるが、元来は負けず嫌いな性格。武術にも長《た》けている。

劉《りゅう》天《てん》佑《ゆう》

医官であるかたわら科挙にも合格した優秀な官吏。背が高く、凛々《りり》しい端整な顔立ち。紅花の父を尊敬していて、何かと紅花にも言い寄ってくるが……。

目次
contents

【序章】人生の終わり——7
【第一章】医院のお荷物——17
【第二章】妓院の忘れ物——65
【第三章】謎めいた依頼——91
【第四章】主演女優の死——145
【最終章】幻の美女——203

イラスト――006
デザイン――杉田優美（G×complex）

唐国《からくに》の検屍乙女

序章

人生の終わり

血が、左頬《ひだりほお》を打った。

十七歳の許紅花《きょこうか》は刹那《せつな》の刺激に目を細め、一気に両腕に力をこめた。

「落ちついてください！　助けたいのです！」

「まだ戦える！　必ず国境を守りぬくのだ！」

先鋒《せんぽう》の郭志《かくし》将軍がどうにか起きあがろうとあがく。左目に矢をつき立てて腹から血を流しているというのに、激怒で痛みを感じていないのだ。

なんて強さなの。

「もっと力をこめろ！」

父親の許希《きょき》が叫ぶ。白髪まじりの髭《ひげ》が、血と泥に汚れている。

「はい父上！　なにがあっても、放しません！」

助けたい。できることならなんだってしたい。だが、郭志将軍の力は紅花より勝っている。

どうしたらいい？

北宋《ほくそう》、慶暦《けいれき》二年（西暦一〇四二年）七月八日。短い夏の光が枝葉のあいだから矢のように降っていた。新緑の木々が風に吹かれてざわめいている。鳥の声などは聞こえない。遠くから突撃の声が微《かす》かに響くのみだ。

なだらかな斜面のむこうには、絶命した兵士たちが点々と倒れている。切り殺されていたり、矢を射かけられていたりとさまざまだ。陣営はすでに崩壊した。紅花と父も逃げ惑った。郭志将軍に助けられたが、逃走の最中に今度は将軍が傷を負ってしまった。今は隠れて治療を行っているが、死の気配がここまで漂ってくる。

味方の士官が走ってきた。助けが増えたと、ほっとしかけた。

「老許《ろうきょ》先生、こちらにおいででしたか！　大将軍閣下が傷を負われました。どうかお越しください」

「この者の手当を終えたら、すぐにまいる」

許希が将軍の目玉につき刺さった矢を摑《つか》み、紅花に目配せした。

「なりませぬ！　あたりには敵兵が大勢いるのです。わたくしには、先生をご無事に大将軍閣下のもとにおつれする使命があります」

四年前に建国された西夏《せいか》の領土侵犯は、激しさを増すばかりだ。騎馬を巧《たく》みに操る彼らの前に、北宋軍はここ数年劣勢を強いられている。

大将軍とは、前将軍、中将軍、後将軍、右将軍、左将軍、偏将軍、裨《ひ》将軍などの各将軍をまとめ、戦の総指揮をとる人物だ。大将軍が戦の行方を決めると言っても過言ではない。呼ぶ者の位に紅花は怖気《おじけ》づきそうになる。しかし、父は揺るぎもしない。その姿を見て誇らしく思い、背筋が伸びる。

私の憧《あこが》れは、この父だ！

「私たちが生きているのも、この者に守られたからだ。紅花、黙らせよ！」

鋭く命じられて、紅花は士官を見つめた。

勇気をふりしぼる。

「私たちは救うと決めた患者を断じて見捨てはいたしませぬ！」

「だが、この者よりも優先すべき御仁であられる！」

士官の目は許希にのみむけられている。儒教の教えでは、女は男に従う存在であるとされている。女である紅花の話など聞かぬというのも当然だ。だが、ここは戦場だ。性別がちがうという理由で、軽んじられる言葉があってはならない。

「命の尊さに優劣などありませぬ」

紅花の言葉に、士官がはじめて振り返った。

「黙れ、小娘の分際で邪魔立てするな」

「邪魔をしているのは貴殿です！」

鋭い眼光を真っ向から受けとめ、紅花は強く言い放った。

「こうして話をしている時間も惜しいのです！　どうか貴殿の力をお貸しください、郭志将軍を押さえるのです！　将軍の手当が早くすめば、それだけ早く父も大将軍閣下のもとにむかえます！」

紅花は郭志との稽古《けいこ》を思い出す。

強くあれと拳《こぶし》を叩《たた》きこまれた。長年にわたって戦場の先陣を切ってきた巨漢は、容赦なかった。最初は嫌われているのかと思ったくらいだ。

地に膝《ひざ》をつき、肩で息をしていると、女はいくらあがいても力で男に勝てぬと言われた。そのときは、胸の柔らかいところを刺される心地がした。幼《おさな》い頃には感じなかった男と女の差が、嫌でもわかるようになってきていたからだ。紅花には持てぬ壺《つぼ》を、軽々と運ぶ男たちの姿を見て悔《くや》しかった。紅花では敵《かな》わないのかもしれない。現実をつきつけられても、諦《あきら》めたくなかった。力が欲しかった。

父のように癒《いや》して守り、将軍のように戦って守りたい。

紅花はさらなる訓練を願った。

郭志はそこで、紅花に諭《さと》した。

よく見よ。よく狙《ねら》え。狙った箇所を絶対に外すな。

弓なら的を。剣なら急所を。拳なら機を。女の身であっても強くありたいと言った自分に、戦いのすべてを教えてくれた。振り返って考えれば、誰よりも優しい将軍だ。だから今ここ戦場に紅花が留まっていられる。父に従い、男たちのなかで活躍できる。そうしてくれたのは郭志なのだ。大切な師匠だ。

熱をこめて迫る紅花と、動じぬ許希の姿を見比べ、士官は忌々《いまいま》しげに舌打ちをした。

「噂《うわさ》どおりの偏屈親子め！　大将軍閣下の傷は、幸い浅い。急ぐぞ！」

女が誰の許しも得ずに男に異を唱えることも、地位を問わず命を救おうとするところも、常ならば常識外れととられてしかるべきところだ。紅花もわかっている。しかし、この場の熱が、父の頼もしさが、紅花を強くあらせてくれる。そのことに興奮していた。

士官が両足を押さえた。紅花の言葉を聞きいれたのだ。戦場ではすばやい判断が求められる。世間で言われる常識よりも、戦場ではなにが最善なのかが問われる。

口元に笑みが浮かぶ。

紅花は身を捩《よじ》ろうとする郭志の両肩に体重をかけた。準備は整った。紅花がうなずくと、父親が将軍の口に布切れを丸めて強引にねじこんだ。

「嚙《か》みしめるなよ。奥歯が砕《くだ》けるぞ」

許希は言うなり、矢を握る手に力をこめた。くぐもった叫びとともに、郭志の体が弓なりになった。振り払われそうだ。紅花は士官とともに、全力で郭志の体を押さえつけた。

その刹那、研ぎ澄まされた紅花の感覚が、なにかが動いたのを察した。

遠く、士官の背後に敵があらわれた。

汗が噴《ふ》き出した。焦りを覚えながら、紅花は小声を作った。

「父上、敵がまいりました。三人。残兵を捜していると見えます」

敵兵は逃げ遅れたり、傷ついて動けなくなったりした者を、残らず殺そうとしている。

跳ねる肩を押さえながら、許希の横顔をうかがった。許希は紅花に見むきもせず、一気に矢を抜き去った。郭志の口から殺しきれない叫びがあがった。声に、敵兵が気づいた。敵兵と目が合った。

士官が抜刀した。

「私が時間を稼いでまいります。医聖と謳《うた》われるその手で、大将軍閣下の治療をしていただかねばなりませぬからな」

落ちついた、低い調子の声で言うと、士官はぎゅっと唇《くちびる》を結んだ。鋭い眼差《まなざ》しで敵兵を睨《にら》みつけて、咆哮《ほうこう》しながら駆けていく。紅花は思わずその背を追いかけようとした。

自分も腰に剣を下げている。ともに戦える。私は強い。そう思うだけで頬が綻《ほころ》びかかった。

うめき声が、紅花の意識を正気に戻した。将軍の治療はまだ途中だ。早く血をとめなければ死なせてしまう。苦しんでいる重傷者の体に再び手を伸ばした。

喚声が聞こえる。敵兵との戦いが始まったのだ。時間はあまりない。早くなすべきことをやり遂げなければ全滅という結末もありえる。そう思うだけで身震いする。だがそれはけっして恐怖のためではない。

体の隅々《すみずみ》にまで興奮がいきわたっている。視界が広い。いつもなら感じとれない匂《にお》い、音、すべてに敏感になっている。頭のなかは冴《さ》え渡《わた》っている。疲れなど体のどこにもない。陶酔すら覚えるこの感覚に紅花は唇を舐《な》めた。

紅花は自らの性質を人に言った経験はない。父や将軍には気づかれているかもしれないが、女としては異常だ。そう自覚している。

うめき声と怒声、あとは絶叫が絶え間無く響き渡る。干戈《かんか》を交える音は終わりを忘れたように続いていた。

きり、と短い音を紅花の耳が拾った。

顔をあげると木々のあいだに敵兵の姿があった。手には弓が握られ、矢が番《つが》えられている。すでに射程に入っている。狙いは、——許希だ。父は、自分が的にされようとしていることに気づいていない。

今自分の手にも弓があれば！　紅花の心が叫んだ。矢の一本でもあれば、すぐにでも返り討ちにしてみせるのに！

兜《かぶと》の下に女だからと油断し、侮る目が見える。

敵兵の手のなかで、弓の弦が鳴った。頭で考えるより先に、紅花は、父親の前に飛び出していた。

次の一刹那《いっせつな》、なにかが肩にどんっとぶつかった。熱を感じた。頭のなかが真っ白になった。肉が裂かれて、骨が砕かれる震動だ。

父親の叫び声が聞こえた。肩が燃えるように疼《うず》き、血の気が引いた。意識が遠ざかる。抗《あらが》えない。

士官が短刀を投げた。敵兵をすべて倒して、紅花を見おろし、哀《あわ》れみの目で眉《まゆ》をよせた。

失敗した。猛烈な勢いで、目の前が真っ青に染まる。

倒れながら、驚きに目を見張る許希を見て、もう一度、紅花は失敗したと思った。

これから郭志将軍の腹の出血をどうにか押さえねばならない。その前に、臓腑《ぞうふ》がどうなっているかたしかめねば。

大将軍閣下も怪我《けが》をしておられると聞いた。すぐに走ってゆかねばならない状況だ。

それなのに、私はなにもできない。父のようになれない。ただの女だ。

なにもできずに、気を失った。

第一章

医院のお荷物

1

慶暦二年九月八日、人口約百万の首都である開封《かいほう》の初秋。まぶしい光が射《さ》しこむ街はあまたの店が並び、呼びこみが声を張りあげ、大通りは人混《ひとご》みでいっぱいだ。駱駝《らくだ》の隊商が行き過ぎる道を、子供たちが笑いながら走っていく。都市は陸路だけでなく、水路も発達している。一攫千金《いっかくせんきん》を狙う若者たちが旅装束で、瞳《ひとみ》をぎらつかせながら集ってくる。城壁の門は見上げるほど大きい。そのうちのひとつ、梁門《りょうもん》の近くに、とても繁盛している医院があった。

瘍医《ようい》（外科医）として戦地で過ごした医聖が大荷物を抱《かか》えて帰郷した――噂は、またたくまに江湖《こうこ》（世界）に広がり、各地から突撃する勢いで患者がやってきて、医院をさながら戦場へと変えていた。

窓に戸をかけているのに、街の賑《にぎ》わいが細い光とともに入りこんでくる。

辛《つら》い。

薄暗い部屋の寝台で、紅花はひとり膝を抱えてうずくまっていた。寝台の傍《かたわ》らには低い棚があり、埃《ほこり》を被《かぶ》った医学書と木刀が置いてある。

生きているのがこんなにも苦しいものだなんて。

息をするのも億劫《おっくう》だ。いっそとまればと思うけれど、自分の首を絞めるのも面倒で、ただ惰性でやり過ごしている。

どうしてこんなことに、という考えが何度も頭を過る。本当なら、今も父の隣で戦場を駆け回り、患者を救っていたはずだ。まだ助けを求める患者はたくさんいる。紅花と父なら、助けられる命がある。騒々しくて、慌ただしくて、紅花を興奮させる戦場とはうって変わって、今は薄暗い部屋でひとりぼっちだ。

「もうたえられない!」

若い女の嘆き声が、医院のざわめきを一瞬で消しさった。

姉の声だ。美しく、医院の役に立てる、二十七歳の姉。いつだって前むきで、今の紅花になにも言わない。沈みこんでいる自分とは真逆の優しい許鞠花《きょきくか》だ。

再び医院からざわめきが響き始めた。

さっきの嘆き声が耳にこだましている。なにがあったんだろう。あんな声ははじめて聞いた。関係ないという気持ちもあったが、知らないふりができなかった。重い体を動かして、なんとか立ちあがった。

部屋を出ると、光が目に痛かった。清々《すがすが》しい風が吹きつける。庭の木の葉が音を立てる。部屋に逃げこみたい、けど、行かないと。紅花の部屋から医院は回廊で繋《つな》がっている。回廊の壁に手をつきながら、声のしたほうにむかった。

人がいない医院の裏口から、なかに入る。壺や薬草がある作業場に、鞠花はいない。ならば、待合室のほうか。通路の角を曲がったとき、誰かとぶつかった。ふらついていた紅花は尻《しり》もちをついた。

「すまないね」

涼しげな声が頭の上から降ってきた。絹の官服を着た二十代半《なか》ばの男だ。紅花は美貌《びぼう》にうろたえて、立ちあがれなかった。まじまじと容姿を見てしまう。背は高く、乱れなく結いあげられた髪は、少し茶色がかっている。西域の血が混じっているのかもしれない。眉の形が整っており、瞳は涼しげで、鼻は高く、薄い唇に微笑《ほほえ》みを浮かべていた。凛々《りり》しく、端整な顔立ちだ。こんなに顔のよい男は物心ついてからはじめて見た。どうやったらこんな容貌《ようぼう》で生まれられるのだろう。

それに、ぶつかったのは男の胸だったが、適度に筋肉がついていて、張りのある体をしているとわかった。顔だけでなく体にも恵まれている。

大きくって、逞《たくま》しくって、羨《うらや》ましい。

それによい匂いもした。

紅花にはないものばかりだ。

見られるのに慣れているのか、紅花の反応になにをするわけでもなく、男はそのまま通り過ぎて、医院の奥へとむかっていった。許希に話でもしにきたのだ。

「びっくりした」

紅花は胸を押さえてから、壁に手をあてて立ちあがった。男の容姿を思い出すと、芸術作品を見たときのように圧倒された。だからだろうか、助け起こそうともしなかったことを、無作法だとは思わなかった。

使用人に間違われたかな。

紅花はぼんやりと歩いて待合室にむかった。

ひしめきあって床に座る患者のなかに、女性が腕を組んで立っていた。桃色の縁のついた白い対襟の上着に、薄緑色の褲《ズボン》を穿《は》いている。動きやすさを重視した簡単な衣服だが、それを着ている人物の容貌には天女と評される美しさがある。上品な眼差しに、通った鼻筋、唇は艶《あで》やかで、見る者を虜《とりこ》にする。体だけでなく、心までも救われる心地になる者も少なくないはずだ。大好きな姉だ。

だが、今は情けなさそうに、くっと唇を噛みしめている。そんな顔ははじめて見た。紅花の胸は苦しくなった。

困惑している患者たちのあいだを縫って、紅花は姉に近づいた。

「なにがあったのですか。どうか私に何でも言ってください」

「紅花。……来てくれたのね」

姉の許鞠花が目を見開き、それから微笑みを浮かべた。まわりの患者から恍惚《こうこつ》の息が聞こえる。美しいが、無理して笑っているんじゃないか。

心配だと口にしようとしたとき、患者たちが自分を見ている視線に気づいた。突然あらわれた紅花を、何者だと思って怪しんでいるのだろう。

芳潤《ほうじゅん》な天女を思わせる姉とはちがって、紅花は小柄《こがら》で細身で実年齢よりも幼く見られる。戦場でも、はじめの頃は「こんな小娘に任せられるか！」と反発にあった。だが、次第に信頼を勝ち得るようになった。治療を受けた兵士が紅花のことを、仲間たちに「外見に惑わされるなよ」と紹介してくれた覚えもある。

この街ではどうだろう。同じように「小娘」だと思われているにちがいない。戦場とちがう点は、今の紅花にはその印象が覆せないということだ。

「会えて嬉《うれ》しいわ。……ああ、勢いでつい帰ってきてしまったけれど、やっぱり検屍《けんし》に戻らなくては……ごめんなさい、心配をかけてしまって。もう大丈夫よ」

鞠花が紅花の肩にぽんと手を置いて、医院を出ようとした。

検屍に行っていたのか。紅花にも状況が呑《の》みこめてきた。

医師である姉がたまに引き受ける臨時の仕事を思い出す。

通常、検屍は役人の仕事だ。検屍官（文官）が受け持つ。だが、検屍官は学問に優れていても、人体の知識には、疎《うと》い。よって、司法局は、医師や葬儀屋に検屍助手を依頼するのが常だ。

紅花の右手は勝手に震え始めた。

「お待ちください。なにも話してくださらないのは、私の手が思うように動かないからですか？」

「いいえ、そういうわけではないの」

鞠花が、紅花の右手をそっと手で包んだ。

「今も震えているわね」

「忌々しい手です」

あの日から、患者の患部を切りとる刃物を持ったとき、家事手伝いで熱い鍋《なべ》を持ちあげたとき、自分の無力さに落ちこみながら眠りにつくとき、紅花の右手は気まぐれに震えるようになった。

なんとかなると思いたくて、鍼《はり》や投薬を試したけれど効き目はまったくなかった。自分の手が、自分の思いどおりにいかないという事実を受けいれるのに時間がかかった。

利き手が不自由なままでは、瘍医にも軍人にも、なれはしない。

そんなことは認めたくなかった。けれど、事実なのだ。

紅花は泣いた。布団に顔をうずめて叫びまくった。どうして自分にそんなことが起きるのかと吠《ほ》えた。天に祈り、やがて天を怨《うら》んだ。腹の深くに黒い塊《かたまり》が生まれ、それが次第に巨大化していくような感覚がした。どうにもならないという事実を受けいれたくなかったが、最後には絶望した。

人の役に立てないのなら、生きている意味などない。

慌《あわ》ただしい医院で働く家族の顔を見ているのも辛くて、部屋に引きこもった。扉は内側から鍵《かぎ》をかけた。食事は扉の外まで運んでもらっている。用を足すときは厠《かわや》にむかうが、扉に耳をあて、外に人の気配がないのを探り、声をかけられないように気をつけながら部屋を出る。

惨《みじ》めだ。けれど、どうすることもできない。

命を断てば、父母や姉が悲しむことはわかっている。

「小さい頃から頑張ってきたものね。父上の学問所に通いながら、武術教室も学びに行って、家に帰ったら患者さんの治療にあたって。毎日この手を酷使してきた」

「必要だったからです。無茶なんかしてません。それなのに、この手が、私を裏切るなんて！」

毎日、国の民を守るために戦い、救うために治療してきた。紅花は、他人に、生きる意味を持てなどとは思わない。生きているだけで尊いのだと言ってきた側だ。

けれど、いざなにもできなくなってみると、途端に、自分の存在が疎ましくなった。時間をかけて悲しみの肉をゆっくりと溶かしていったら、なかから絶望という名の骨が姿を現した。

そんな紅花にとって、鞠花はまぶしすぎた。医院での仕事だけでなく、公的な検屍までこなしている。誰からも頼りにされ、その期待に応《こた》えている。

私とはちがう。暗がりに引きこもるしかない、役立たずの私なんかとは。

「あなたは二年も戦場で暮らしてきた。だから、たくさん死体を目にする機会があったでしょうね……」

姉は二十七歳だ。姉妹は十歳年齢が離れている。離れていたあいだに、お互いずいぶんと変わってしまった。

「そのとおりです、もし死体の異変であれば、私にも、……きっと、わかります」

役立たずでも、姉の助けになりたい。そうでなければ、本当に自分はこの医院のお荷物だ。

紅花はじっと鞠花を見つめた。もし、目をそらされたらどうすればいいか、わからないのが怖かった。

「ちがうのよ。問題は、髑髏真君《どくろしんくん》なの」

「何者ですか？」

髑髏の真君（仙人）とは禍々《まがまが》しい呼びかただ。美しい姉の口から出るとも思えない。

「知らないのね？　とんでもない変人、……いいえ、会ったほうがわかりやすいわね。私の代わりに行ってもらおうかしら。紅花、頼りにしてもいい？」

紅花はほっと体の力を抜いた。

「もちろんです。どうか、頼りにしてください！　それでその——髑髏真君と、どのような問題があったのですか？」

「検屍結果についてよ。言いがかりをつけられたの」

「まさか、姉上の判断に？」

「そうなの、それも大勢の前で！　ああ、今思い出しても悔しい。いっそひっぱたいてやればよかった！」

なるほど、事情がわかった。それで姉は用ずみと帰されたのだろう。むかむかしてくる。

「それでは、その死体を、私が再検屍すればよいのですね？」

私にも、医師としての経験がある。

「ええ、髑髏真君のおかげで、司法局は再検屍を命じたから。でも、私には、江湖で最も美しい死体よりも、診なければならない生者が、たくさんいる」

「江湖で最も美しい死体、とは？」

「その言葉どおりの意味よ」

「死体だけれど、別格に美しいというわけですね」

「そう。不謹慎な言いかたかもしれないけれどね。とにかく、私は生きている患者さんを診てあげたいのよ」

力強い言葉だった。紅花は鞠花を羨ましく思った。患者は、利き手が使えなくて雑用すらできない紅花より、治療もできる鞠花を必要としている。

紅花は右手を引っ掻《ひか》いた。赤い線が肌に浮かんだ。

この手さえ思うように動くなら、医院の仕事を手伝えるのに。

「舟は私が戻るまで待っていると言っていたわ。紅花、行ける？」

「ええ、もちろん」

紅花は鞠花とともに家屋から出た。空はつき抜けるように青い。どこに目をむけても、まるではじめて見るようなたたずまいだった。

知らないあいだに夏は去り、世界は秋の色に染まっている。

医聖の評判を聞きつけた患者が、家屋からあふれて庭にまで及ぶ。父母と姉妹の四人家族と、鞠花の婚約者、三人の使用人だけでは対処しきれない患者数だ。

「おや、鞠花に紅花じゃないか！　二人そろってお出かけかい？」

朗《ほが》らかな声をあげて、駆けてくる人影があった。

「周阿姨《しゅうおばさん》！　その後、お体の具合はいかがですか？」

鞠花が微笑みをむける。

周阿姨と呼ばれた人物は、ふっくらとした体型の婦人だ。年齢は紅花の母親ほどで、昔から近所に住んでおり、出会ったらなにかと声をかけてくれる世話やきだ。

「さすがの鍼だね。腰の痛みが引いて動けるようになったよ。これ、お礼に韮《にら》を持ってきたんだ。食っとくれ」

周阿姨が抱えていた韮の束《たば》を紅花によこした。手や腕は、張りがある。対して紅花は自分の腕をじっと見つめた。戦場にいた頃よりも痩《や》せた。

「私が持つわ」

鞠花がすっと韮の束を持っていった。周阿姨が腕を組んだ。

「しかし、紅花の顔を見られてよかったよ。久しぶりじゃないかい？ずいぶんと痩せて青白い顔をしているね。戦場ってのは厳しいところだって聞くけど、よっぽど大変な目にあったんだね」

周阿姨が顔をくしゃっとゆがめた。

心配してくれるのは嬉しい。家族以外にも見守ってくれる人がいるのだ。けれど、痩せたのは開封に帰ってきてからだ。

「周阿姨、この韮は家の者でおいしくいただくわ。これから、紅花は出かけなくちゃならないの。仕事に行くのよ」

「そりゃあ……頑張っておいで。だけど無理はよくないんだよ」

紅花はぎこちなく微笑んだ。

「周阿姨、ありがとう」

周阿姨が心配そうな顔をしている。まだなにか言いたそうだったが、鞠花とともに門を出た。

「私は、やれますから」

紅花が部屋に引きこもる前から、鞠花は睡眠時間さえも削りながら、なんとか時間を作って、診察にあたっていた。死者の都合に振り回されてよい人ではない。

尊敬する姉のためになれるなら、嬉しい。

人の役に立てる可能性があるのなら、やれるだけやってみたい。

医院のそばには幅の狭い運河が流れている。階段を下りて川岸に立つと、立派な舟が停《と》まっていた。官服の御者《ぎょしゃ》と司法局の舟だ。乗りさえすれば、あとは河の流れが紅花を現場まで運んでくれる。

そう思った瞬間、足がとまった。

「……姉上」

ひとり戻ることは敵わない。この先起こることのすべてを自分の力で切り拓《ひら》かねばならない。そう気づいていまさらながらに紅花の身はすくんだ。

これまで部屋にこもっていた日々から、一歩踏み出す。

戦場にむかうときよりも心細かった。躊躇《ためら》いを感じとったかのように手まで震え始めて、泣きたくなった。

弱いままでいたくない。誰かの役に立ちたい。さっきまで、そう思えたはずだった。今や役立たずの手しか持たない自分に、果たしてそれができるのだろうか。

「今の私は医院のお荷物ですが、……お荷物なりに頑張ってまいります」

「紅花。そんなことを言うのはおよしなさい」

姉の手が紅花の右手を握った。

「手の震えは、戦場で射られた後遺症なのよ。あなたは私の大切な妹。医院のお荷物だなんて、あなたにだって言わせないわ」

麗しい顔に、鋭い眼光が宿る。美しいだけではなく、鞠花は強い女性だ。どきりとした。

父親が戦場にむかうと決まったとき、助手として、紅花が選ばれた。鞠花も望んでいたが、婚約者がいるので同行はできなかった。

父と妹が戦場にいるあいだに、鞠花はさらに綺麗《きれい》になった。華やいだ表情は、まぶしい光を浴びていっそう美しく輝いている。

「あなたにはできるわ。きっと、ええ、何だって！　私は知っている、だから心配はしなくていいの」

姉の強さをまぶしく思う。その一方で自分を振り返ってしまい嫌になった。でも、ここで姉のためになりたいのは本当だ。笑顔を作った。

「わかりました」

「まずは、私の代わりに髑髏真君をへこましてきなさい。手加減なんていらない相手よ、思う存分にやればいいわ！」

紅花は笑った。姉のように自然に笑えているとは思えない。久しぶりだから、ぎこちないものになっているはずだ。

まずは、江湖で最も美しい死体だ。

そもそも、美しい死体とは何だろうか。容姿だろうか。それとも殺されかただろうか。

「いってらっしゃい」

「はい。全力を尽くします」

紅花は二ヵ月ぶりに家から出かけた。

2

司法局の舟は、開封に流れる汴河《べんが》の支流を西に移動した。開封では、汴河と金水河《きんすいが》を利用して商業網ができている。水路は実にたくさん張り巡らされている。

開封は城郭《じょうかく》都市だ。北にある宮殿を背に内城を出ると、州西瓦子《しゅうさいがし》（盛り場）が見えてくる。大宋帝国《だいそうていこく》で最大の繁華街が広がっているのだ。

舟が進むにつれて商店に飲食店、旅館に娯楽施設などが増える。言い尽くせないほど多くの商売が行われており、見物する人々が街路にあふれていた。

元気な街だ。老いも若きも生き生きとしている。その活気に、紅花は圧倒された。

紅花は舟の縁によりかかり、微笑みながら身を預けた。生まれて十五歳になるまで過ごした、二年ぶりの故郷だ。懐《なつ》かしさも強いが、まだ明るさに心がついていけない。

舟が到着した。紅花は開封で最も有名な妓院《ぎいん》の前に立った。門のむこうに、何層にも重なった屋根が見える。屋根には赤い提灯《ちょうちん》が吊《つ》るされていた。

「なるほど、首都である開封の最も有名な妓院で死んだから、江湖で一番、美しい死体か。死して、なお美しさが評価されるなんてね」

鞠花の表現を口中で転がしながら妓院を眺《なが》める。

事件を聞きつけたらしい人々が門前に集まっている。眉をひそめていたり、楽しそうだったりと、表情は、さまざまだ。

「排斥」「回避」と記した高札を掲げた役人たちが、声を荒らげて追い払っている。

だが、どうも効果はなさそうだった。

人が死んだのに、賑やかだな。まるで物珍しいお祭りさわぎだ。紅花のいた戦場では考えられない。

死が日常ではないから、好奇心を持って集まってくる。気楽なものだ。

高札を掲げた役人に、鞠花の名を告げる。

すると、まもなく、歯を見せて笑う男が、軽やかな足取りで門前にあらわれた。水色の直裾袍《ちょくきょほう》に白地の褲を穿いている。

葬儀屋の白雲《はくうん》だ。鞠花と同じ年頃だが、子供のような笑いかたが白雲を年齢より幼く感じさせる。朗らかな態度は人好きする気配を醸《かも》し出していた。

死亡証明を受けとりに医院を訪ねてくるので、顔と名は知っていた。喋《しゃべ》った機会は一度もない。今回も、遺体を引きとりに来たのか。

こうして葬儀を行ってもらえる死者はよい。少し羨ましく思った。これがこの都の日常なのか。

戦場ではまともな弔《とむら》いをされず、置き去りになってそのまま腐り、骨となった戦死者の亡骸《なきがら》もたくさんあった。

「そりゃ、最後は遺体を受けとるけどね。その前に、ぼくら検屍助手がお役人様の代わりに手を汚すんだよ。葬儀屋と医者は、死体を見慣れてるからね」

考えを読まれたか。紅花は密《ひそ》かに身構えた。

戦場では端倪術《たんげいじゅつ》(人の考えを読む術)に長《た》けた者もいた。白雲もそうなのかもしれない。

普通の人とはどうやらちがう。下手なことは言えないな。

紅花は慎重に言葉を選んだ。

「あなたは姉と一緒に、美しい死体を検屍したのですか？」

笑顔を浮かべているからといって、味方とは限らない。戦地では裏切りは日常だった。

だからこそ信頼の尊さを紅花は知っている。

検屍助手としても現場にきたのならば、白雲も死体を調べたはずだ。鞠花の検屍結果に文句をつけた髑髏真君とは、白雲なのか。

「ありえないよ！　君には、ぼくが、女の子に見える？」

紅花はぐっと奥歯を噛んだ。

腹が立つ男だなと思いながら、

「男だと思っておりました」

と答える。言葉少なに、白雲に微笑み返してやった。相手の術中に嵌《はま》るのは嫌だ。

白雲は紅花の返答に、全身を使ってうなずいた。

「そうなんだよ！　ぼくって、どこからどう見ても男だからね。女の死体には、女にしか触れられない。この決まりは、知ってるだろ？」

「そうでなければ、姉上が私をこの場によこすはずがありませぬ」

「だから、ぼくは、鞠花の仕事を見てただけさ。死体を見るのさえ嫌だと忌避《きひ》する官吏も多いよ！　でも、今日の相手は、この世で一番と謳われた妓女だ。君は恥ずかしがらずに、あ、そ、こ、まで見られる？」

言葉は濁《にご》しているが、白雲は秘所について話している。本来なら、男性が女性に面とむかって話すべき内容ではない。儒教の教えからも逸脱している。だから、恥じらって逃げ出すとでも思われているのだろうか。そうだとしたら、あまりにも軽んじられている。

いや、仕事がちゃんとできるのか試されているのかもしれないな。

鞠花の代わりをしに来たのだ。務めは、きっちりと果たすつもりだ。

「臓腑のなかまで、見られますよ」

戦場では常に人手が足りず、一刻を争った。男だろうが女だろうが、決まりよりも守るべき命があった。裸身に狼狽《うろた》える余裕などあるはずがない。非日常が日常だったのだ。紅花は父のもとで、患者であれば誰であろうとも、わりきって平等に接する訓練をつんでいる。

だから紅花は断言した。陰部であろうが、必要に迫られれば診る。

「小さくて若いってのに、経験は豊富ってわけか！」

好奇に満ちた瞳が、紅花がどう応じるかを待っている。遊ばれているような心地になる。こんなふうに翻弄《ほんろう》してくる相手は、これまで出会った経験がない。

小柄なのは選んで生まれてきたわけではないし、年齢で能力が変わるわけではない。その点で言えば、経験は豊富にあると言える。

だが、その「経験」を、そのまま言葉どおりに受けとってはいけない気がした。ただひたすら面倒だ。早く仕事にとりかかりたい。

「生者よりも、死者のほうが見慣れていますから」

明るく告げて会話を切りあげる。

白雲は、紅花の返答を味わうかのように、ゆっくりと咀嚼《そしゃく》の真似事《まねごと》をして、ごくりと飲んだ。

目を見開いて両手を開くと、紅花にひょいと近づいてくる。ぐんぐん迫ってきて、歩みをとめようとしない。もうすぐぶつかるぞ、と紅花が思ったところで、白雲にぎゅうと抱きしめられた。

婚約者でもない、ましてや初対面だ。戦場でなら、危機を抜けた後などに感極まってこうなる経験はあったが、平時ではまずありえない。

しかし、白雲の腕は強い力でたしかに自分を抱きしめている。あまりにも堂々としすぎていて、逆にどうすればいいか、紅花のほうが迷ってしまう。振り払って投げ飛ばしてやるべきか。それとも次の出方を見るべきか。

「そっかそっか。死体にまみれてる。君もぼくと同じかぁ」

どことなく嬉しそうな声音が、薄気味悪い。

「嫌だなぁ。これ以上、強敵が増えるのは」

耳元で嬉しそうに白雲が囁《ささや》いた。ぞっと冷たいものが首筋から全身に広がった。何者なのだ、この男は。

紅花の震えに応じたかのように、白雲がようやく身を離した。悪びれもせず、やはりにやにやと笑っている。

「強敵だなんて、そんな。そもそも、私が検屍助手になれるかどうかも怪しいのに」

「へぇ。検屍助手になりたいの？」

「それは……」

胸に空いた穴を、寒風が吹き抜けるような思いがした。迷いなく進んできた道に、突然の崩落が起きたようなものだ。前には行けないとわかっている。だが、退きたくないと心が訴える。あの世界から離れたくないと泣き叫んでいる。

なのにどうして、今こんなところにいるんだろう？

ふと、太腿《ふともも》に震動を覚えた。見ると、右手が震えていた。

どうしてこんな体になってしまったの！

震える手を左手でそっと押さえて、爪《つめ》を立てる。「震えよとまれ」と念じても、手は言うことを聞かない。

「君らしくない物言いだねぇ、紅花。ぼくは、幼い君を覚えているよ。今の君とはちがって、馬鹿《ばか》みたいに元気いっぱいだったね」

白雲の顔に影がかかった。どことなく奇妙であり、禍々しくもあった。

悪意のある顔に見える。そのわけは、紅花にとって悪意としか感じられない内容だからだ。

子供の頃なら、悪意など即座に撥《は》ね除《の》けてみせた。戦場にいる自分なら怒って言い返せたはず。

今の自分にはまだ、どれもできない。

紅花は、そっと目をすがめて、唇を舌先で舐めた。乾燥している。薄皮の硬さに、平静をとり戻した。

父親には、いつも平静であれと教えられてきた。武術の師である郭志将軍からも、どんなときも油断をするなと厳しく訓練された。

「当然です。私は、昔とはちがいますから」

今の自分は平静を装って、無気力さと無感動さをごまかしている。

すっかり変わってしまった。新しい紅花として、生きてゆかねばならないのだ。そのためには自分の心の叫びも無視しなければ。

「そろそろ仕事の話に移りましょう。それとも、まだ昔話を続ける気ですか？」

声音は、紅花自身が驚くほどに、切なく響いた。

白雲がちらっと紅花の手を見た。平静な視線だ。手が震えることを知っているのだろうか。なにか言われるかと身構えたが、意外にも白雲はあっさりと会話を切りあげた。

「死体がある場に案内しよう。妓女の名は、蛍火《けいか》。幼くして誘拐され、人買いに売られて、妓院で育った。でも、ひとりだけ肉親がいる。一緒に攫《さら》われた弟の、空蝉《くうぜん》だ。青年になるまで蛍火と妓院で生活していたけど、今は独立して、役者をやってるよ」

白雲が歩きだし、紅花も門をくぐった。妓院は木造の広い建物だった。敷地《しきち》に大きな池と庭園がある。舟遊びをするのだろう。だが、昼間の今は静かだ。音楽ひとつ流れていない。妓女たちは夜にむけて休んでいるのだ。

「蛍火という妓女が、検屍対象なのですね」

「本当なら、検屍なんて必要なかったんだ。鞠花が怒るのも無理ないよ」

白雲が、ひょいっと両腕を天に向かって高々とあげた。

つられて空を見ると、寒々とした青空に、白い雲がたなびいている。地上とちがって風が強いのか、雲の流れは速かった。

知らないところで、なにかが動いている気がした。

先が読めない白雲の存在が紅花にはどうにも気になった。

「不要だったはずの検屍が、どうして必要になったのですか」

検屍など必要なかったと言いながら、どうして行われる手筈《てはず》になったのか。司法局とて暇ではないはずだ。

質問を待っていたのか、白雲が歯を見せて笑った。

「ひどい話なんだよ！　昨日、蛍火の婚約者で、高官の息子である趙延命《ちょうえんめい》が、開封府（役所）に検屍願いを届けた。蛍火を身受けする直前の事故だったから、死んだわけをたしかめねば諦めがつかないようでね」

「事故は、明らかだったのですか？　それなのに、開封府に願い出た？」

「自己満足で、ぼくたちの仕事を増やしたわけ。迷惑な話だよね。人はみんな、死ぬものなのに！」

「たしかに、人はみんな、いずれ死にますね。しかも、死は平等であるように見えて、けっしてそうでありません」

開封府が依頼を断れなかったということは、かなりの位であるのは間違いない。もしかすると紫服で宮廷へ参内するような人物かもしれない。そうなれば役所として、話を引き受けるしかあるまい。

かくして、愛する人が死んだ子細を知りたいという願いと、権力者のわがままで、仕事を増やされたという不満が生まれる。

「死にかたを選べる人もいれば、選べない人もいますから」

戦場とは、あまりにもちがう。ひとりの死者のために、大勢の生者が振り回される。それを小馬鹿にする白雲の気持ちも、同感できなくとも、わかった。もしかすると、姉も同じ気持ちだったかもしれない。

きっと自分もじきに同じ気持ちになるだろう。このときはそう思っていた。

まさかこの検屍に、想定外の要素があるとは気づかなかった。

3

「なにが検屍官だ、笑わせる！　やはり、ぼくが正しいぞ！」

嵐《あらし》のような人影が、妓院のなかから前庭に飛び出してきた。

眼光が異様に鋭い。年頃は紅花と同じくらいか。その人物は高らかに笑いながら、立ちつくす官吏たちを、言葉の鞭《むち》で容赦《ようしゃ》なく打った。

「貪《むさぼ》った金でぶくぶくと太り、瞼さえも開けられないほど肥えたか、猪元猛《ちょげんもう》。この金豚め！」

ふいに雲間から銀月が姿を現すような、絶妙な美しさがそこにはあった。

紅花よりも頭ひとつ背が高く、細身だ。その体は、繊細《せんさい》な刺繍《ししゅう》の施された絹の衣を身につけている。日常で使うには考えられないほどに質のよい高級品だ。

外見だけを見れば、紛《まご》うかたなき良家の坊ちゃんだ。艶《なま》めく黒髪に、日にやけていない白い肌、通った鼻筋に、紅色の唇を持つ。女だと言われたら、信じてしまいそうなくらい綺麗だ。

だからこそ、紅花は耳を疑った。まるで容貌に似合わぬ言葉の暴力が、形のよい唇から滑《なめ》らかに飛び出してくる。

「高九曜《こうくよう》よ、目上の者に対する礼儀作法がなっておらぬぞ」

肉団子を潰《つぶ》したような中年官吏が、高九曜と呼ばれた人物を窘《たしな》める。すると、傍らにいた痩せた官吏が、全身を震わせて怒りを爆発させた。

「猪殿を、ぶっ、ぶぶっ、豚などと！　なんたる失礼な物言いだ。おまえが検屍の場に出入りできておるのは、開封府長官の配慮ゆえ。我ら官吏は認めてはおらぬのだぞ！」

感情を破裂させた喚《わめ》き声だ。だが、九曜をとめる効果は微塵《みじん》もなかった。

「うるさい、黙れ、石英《せきえい》！　その石頭にできる、最善の行動を教えてやろう。今すぐに呼吸をとめろ！」

「なんだと！」

「初検屍を金豚に担当させ、再検屍に石頭をよこすとは、開封府はよほど人材に恵まれておらぬのだな！」

蛇蝎《だかつ》か蚰蜒《げじげじ》を見るような目で、九曜が石英を笑った。

あっけにとられた紅花は、一歩も動けずに九曜を眺めた。

容姿は整っている。けれど、自信家らしい傲慢《ごうまん》さと、よく切れる刃物のような鋭さが混ざった表情は、他者の好意をよせつけない。

これは、とんでもない現場に来た。思っていたよりも、はるかに苛烈《かれつ》だ。想像を超える状況にいっそ笑いがこみあげてくる。紅花は遺体に目をむけ、あらためて九曜を見つめた。

間違いなく、この人物が髑髏真君だ。左腕には、髑髏をしっかり抱えている。

なぜ、髑髏を持っているのか。見当もつかないが、だからといって、知りたいとはつゆほども思わなかった。九曜こそが、鞠花を憤激させた最大の原因だとは、容易に想像がつく。

ならば敵だ。これからこの青年と戦って、真実を明らかにせねばならない。

「年相応だと思うと、痛い目に遭うよ。中身は、まるで嬰児《みどりご》だから」

白雲が耳元に囁いた。誰とは言わなかったが、目の前の九曜のほかに誰がいるのか。

「初検屍は誤りだ。化粧台の爪屑《つめくず》は、蛍火の爪ではないだろうが！」

九曜の言葉に、紅花は苛立《いらだ》った。喚き散らす口を縫いつけてやりたい。

誤りなんかじゃない。鞠花の仕事ぶりはよく知っている。どんなに不本意な仕事だとしても、手は抜かない。

姉の正しさを証明したい。すぐに、検屍にとりかかりたい。妓院の前庭の中央には、遺体が置かれている。しかし、莚《ござ》に包まれて、姿は見えない。

　今すぐ近づいて莚を剝《は》ぎとってやりたかった。爪とはいったいなんのことだ。九曜と官吏は、激しい応酬を繰り返している。

「もしや、わざわざ、繋ぎあわせたのか？」

　石英が、化け物でも相手にするような目つきで言った。

「繋ぎあわせるとは、何だ？　まさか、爪か！　ああ、まったく、正気か石英。誰の爪かなど、見ればわかるだろう！」

　紅花は、ちらっと己の爪を見た。

「爪屑だぞ。どうして爪屑から、その持ち主がわかるのだ」

　九曜が驚嘆の叫び声をあげ、頭を押さえて地団太を踏んだ。

「なぜわからない！　頭を使えよ凡愚ども！　すべてはこの綺麗な爪が教えているではないか！　金を貪るしか能力がない無駄飯食いの豚なら、検屍官など早く辞めてしまえ。開封府長官、ひいては民のためにもな！」

　荒ぶる九曜に、石英が顔をしかめる。

　爪でわかると喚いているが、その着眼点は非凡だ。

きっと、天才か異常者のどちらかだ。

「長くなりそうだから、検屍、できるところから始めちゃってよ」

白雲に肩を叩かれて、紅花は我に返った。

「わかりました。――お二方、失礼いたします」

声をあげると、男二人の視線がむけられた。誰だおまえは。どちらの目もそう問いかけてくる。

「私は許鞠花の妹、紅花と申します。姉の代理としてこのたびの再検屍に遣わされました」

いつまでも事態をただ眺めていてはだめだ。部屋のなかに閉じこもっているのと変わらない。

「仕事を始めてもよろしいでしょうか。このままでは遺体が朽ちてしまいます」

ここは戦場だ。そう思え。姉の仇《かたき》を討つためにやってきたのだ。だとしたら、けっして負けてはならない。

九曜は腕を組み、地を踏みしめている。苛立ちが体からあふれてどうしようもないと言った様子だ。石英が宥《なだ》めているが、効果はない。

不機嫌な九曜の横顔は、整っているからこそ凄《すご》みがある。

外見はすごく整っているのに、内面は扱い辛そうな人だな。

紅花はちらっと九曜を見つめてから、微笑みを作った。

「よろしいですね？　では、これより始めることとします」

ひどい震えがきませんようにと祈る気持ちできっぱり口にした。

4

江湖随一と評判だった妓女は菰に包まれて、前庭の日陰《ひかげ》に横たえられていた。菰を開いて見てみると、妓女の裸身は整っていた。だが、紅花の瞳にはただの肉塊としか映らない。

すでに酒酢と温水で清められ、身繕《みづくろ》いまで整っている。一とおりの検屍はすっかり終わっていた。

衣服さえ着せれば、葬儀に出せる状態だ。鞠花の仕事の丁寧さは、死体が相手でも変わらない。なんだか嬉しかった。

「死体は俯《うつぶ》せになっており、右手に小刀を握っていた。傷は、喉《のど》から臍下《せいか》。おそらく泥酔していたにもかかわらず爪を切り、誤って倒れ、自らを傷つけて死んだ。左指のうち三本の爪が切られており、化粧台の紙の上に置かれていた。死者の部屋には金銭が残され、強盗など不審者が入った形跡はなかった。だから、事故死だと？　ふざけるな！　寝言は、寝ているときだけ、ほざけ！」

九曜の台詞《せりふ》は豪雨のようだ。肌を叩くような、強烈な雨粒を彷彿《ほうふつ》とさせる。痛く、鋭く、激しい。

対して、細木のような石英は、打ち倒されぬように踏ん張りながら、九曜の口撃に応酬する。

「猪殿は検屍助手の報告どおりに、死体検案書を作成された。内容に不備など、あるわけがなかろう」

死因に不審を抱く九曜と、死体検案書を疑わない石英のやりとりは、激烈の一途をたどっている。

言葉を使った殴りあいは、聞いていて楽しいものではない。

紅花は蛍火の脈を測った。呼吸がとまっているかもたしかめる。次に、瞼を開いて瞳孔《どうこう》に光が照り返すか調べてから、腔内《こうない》の匂いを嗅《か》いだ。

果実と肉が腐ったような、濃厚で甘ったるい匂いが鼻につく。温水でも、酒酢でも落としきれなかった腐敗臭だ。

腐敗の進行具合から推測して、死後、二日以内と思われる。

紅花は袖《そで》越しに蛍火の手首をとり、両手の爪を調べた。

どの指にも、爪と肉のあいだに血の塊が残っている。

九曜もまた、蛍火の遺体を調べたのか。あてずっぽうに、検屍結果に文句をつけたわけではないと見える。

事故死でないとするなら、蛍火はどうして死んだのか。

紅花は、蛍火にふかでを与えた傷を、そっと見た。

ふぅん。これは、ちょっとおもしろいかも。

胸のあたりから生まれた熱が、徐々に広がり、体の温《ぬく》もりをあげていく。動悸《どうき》の高まりを感じながら、傷に左手を這《は》わせて、指でなかを開く。すると、不自然さは、いっそう強くなった。

紅花はゆっくりと立ちあがった。死体を見おろしてから、白雲に呼びかけた。

「蛍火は、本当に、事故死ですか？」

周囲の人がはっとして紅花を見た。

白雲には肩をすくめられた。

「鞠花は事故死と断定したよ」

「あなたも、事故死だと判断したのですか？」

ゆっくりと力をこめて問いかければ、白雲は肯定も否定もせず、ただ九曜を見た。

「九曜は、ちがうと思ってるみたいだね」

紅花も白雲の目の先を追った。

「両手をよく見ろ！　どの指も、爪と肉のあいだに、血が固まっているだろう！　なぜ、これほど明白な殺人を見過ごす！」

九曜の殺人という言葉に、紅花は強い痺《しび》れを覚えた。

ここもある意味で戦場というわけか。

九曜が前庭に横たわる蛍火の死体を指さしながら、石英を睨みつける。今にも嚙みつきそうな形相だ。石英は腕を組んで、眉間《みけん》に皺《しわ》をよせ、鋭い視線を九曜にむけながら言葉の石礫《いしつぶて》を受けている。

「まぜ返しはやめろ、髑髏真君。殺人だって？　冗談は、よせ。いまさら、なにを言いだすのだ！」

石英が声を荒らげると、九曜が盛大に眉をひそめた。

「愚なだけでなく、うるさいやつめ。無知蒙昧《むちもうまい》をさらけ出しおって、口を利けぬ我が友にも、劣《おと》るわ！」

石英が、九曜の髑髏を指さした。

「友って、そりゃあ、髑髏だろう！」

「馬鹿め。ぼくが友と言ったら、友なのだ！　戯言《ざれごと》を叩く以外に能のないおまえたちより、よほど役に立つ！」

九曜がぎゅっと髑髏を抱きしめる。

まともにとりあう気などないと、石英の手が空を払った。

「髑髏の話はやめろ！　さっさと結論を話すがいい。殺人と主張するのならば、納得できるように、きちんと話をしてみせろ」

石英の要求に、紅花の喉が自然に鳴った。

知りたい。

九曜のほかに、蛍火の死因を疑う者はない。婚約者が訴えなければ、自殺として片づけられた。検屍をした鞠花も、自殺と判断した。

鞠花は腕のある医者だ。父親の不在中、母親とともに開封の医院を守ってきた。今、紅花は鞠花の判断に疑問を抱いたのではない。

ただ、一分でも別の真実があるのならば、見過ごしてはいけないと思った。

その根拠が、髑髏真君と呼ばれるこの人物だけだったとしても。

彼だけが蛍火の死に、異を唱える。高らかに真実を訴えている。

真実は、美しい。真実を知るためにたとえ傷だらけになっても、正しさは輝く。その美しさを見せてほしい。

「話を遮《さえぎ》ったのはおまえだろうが！　右の爪のあいだにも、血が残っている。蛍火は右利きだった。握りしめた小刀で、自らの体を傷つけて、どうして右の指のあいだが血に濡《ぬ》れるのだ！」

問いかけに、石英が唇を開きかける。だが、その前に、九曜が手で制した。

「答えなくていい、時間の無駄だ！　死体は、傷つけられたとき、思わず傷を両手で押さえた。だから、両手の指のあいだに血が残った。清められる前なら、蛍火の右手の掌《てのひら》にはべったりと血が残っていただろうにな！」

自らの有能さを微塵も疑っていない。九曜は自信に満ち満ちた顔をして、心の底から石英を嘲《あざけ》るように推理を披露してみせた。

傲岸不遜《ふそん》な態度は、見る者を尽《ことごと》く不快にさせている。きっと鞠花も鼻持ちならないこの言動にたえきれなかったのだ。姉の気持ちはわかる。こんな調子ではいくら内容が正論であっても、面罵《めんば》されるのと同じだ。とうてい正気など保《たも》てない。

けれど、紅花はちがう感情を覚えていた。九曜が猛烈な勢いで明らかにした話は、激烈な豪雨となって紅花の乾いた心に降り注いだ。罅割《ひびわ》れていた大地がゆるみ、溶けて、満たされる情動など、久しく忘れていた。

「だから……何だと言うんだ！」

困惑顔の石英が、顔を怒りで真っ赤に染めて怒鳴《どな》った。

「まだわからないか！　犯人は、爪切り中の事故を装うため、蛍火を殺してから爪を切った。だが、血塗《ちまみ》れの爪屑では、犯行が露見する。洗っている暇もないぞ。犯人は、事前に用意しておいた爪屑を、鏡台に置いた。真っ白な爪をな！　おそらく、犯人の爪屑だ。だから、殺人だ！」

紅花はたまらず声を張りあげた。

「すごい！　なんて綺麗な答えなの！　たしかにこれは殺人、間違いない！　誰かが蛍火の正面に立ち、喉元から臍下にかけて小刀を振り下ろしたのね！　あなたは素晴らしい人よ、教えてくれて」

ありがとう、と言いかけて、紅花は口を閉ざした。先ほどまで滔々《とうとう》と喋り続けていた青年は、なぜかぴたりと動きをとめていた。

妓院の前庭に、風が吹く。風は紅花の髪を揺らし、九曜の髪を揺らした。

黒い瞳にじっと見つめられた。まっすぐな眼光に、紅花は失敗したかと思った。

九曜にとって賞賛など、不快なだけなのかもしれない。

妙な口出しをした、と悔《く》やみかけたところで、九曜が唇を開いた。

「君は、誰だ」

「私は」

「はじめて見る顔だ。新しい検屍助手か。ああ、許紅花だったなさっき聞いた。死体を見るために、久しぶりに外の世界に出てきたというわけか、姉とちがって物好きだな」

今まで同じ前庭にいたのに個人として認識されていなかったのかと驚き、言いあてられた気味の悪さと、それを上回る心の高鳴りを覚えた。

紅花は唇を、そっと舌先で舐める。

「高様、もしかして、私の話を姉から聞いたのですか？」

おそるおそる問いかけてみる。それ以外の理由はないと思うが、まさか今の推理のように言いあてられたのだろうか。

九曜は紅花の戸惑いを知ってか知らでか、ふふんと鼻を鳴らして、にっと笑った。歳《とし》に似合わない、まるで悪戯《いたずら》っ子のような笑みだった。

「九曜でいい。君について聞いた覚えは一度もないよ。鞠花はぼくを前にすると、必要な話しかしないからな。子細は、君にもわかるはずだが」

同意を求めるように澄んだ瞳で見上げられ、紅花はついうなずきかけた。

「たしかに……いえ、どうでしょう。恥ずかしい話ですが、私は姉をあまりよく知らないから。もちろん、九曜様の」

「九曜でいいと言った」

「……九曜のことも私はなにも知りません」

慌てて言い直した。九曜が目を細めて、ふっと微笑んだ。今度は実際の歳以上の、老成した笑いかただった。

「そうだろう。ぼくのことは誰も知らない。誰ひとりとしてだ。しかたがない、大椿《おおつばき》の春を夏蟬《なつぜみ》が知らないのと同じだ。知りようがない」

「どういう意味です？」

「そのままだよ。君の姉にはぼくを知ることなどできない」

「姉はあなたを知らないのではありません、知りたくないだけです」

「そう。だから君がぼくのことを知らなくても何の不思議もない」

「私は姉とはちがいます」

紅花は言い返した。他人は皆同じだとは思われたくない。

「ほう」

九曜の目が突然輝き始めた。まるで星に火が灯《とも》されたような煌《きら》めきでもって、九曜は紅花をまっすぐに見た。

「では手始めに教えてもらおう」

美しい遺体にむけて、九曜の手が大きくうち振られた。

「どうして他殺とわかった？　君が犯人でもない限り、誰にでもわかる証拠が必要だ」

「簡単なことです。この遺体こそが証拠そのものですから」

紅花は死体の傍らに片膝をつき、傷口を指で指し示した。

「傷の深さ、斬《き》り口の角度を見たところ、転んで自らを傷つけたにしては、不自然です。なにより、斬り口は迷いのない線を描いています。たぶん、それなりに大きな男が、正面から小刀を振り下ろしたからです」

手元に影が落ちた。振り仰ぐと、石英が蛍火の傷跡を覗《のぞ》きこんでいる。険《けわ》しい横顔は、怒っているように見えた。

「おい、紅花。話は本当に真実なのか？　君の姉と白雲、すでに二人の検屍助手が死体を調べた。だが、傷口が不自然だとは、言いださなかったぞ」

石英のぴりぴりとした声に叩かれ、紅花は白雲をちらりと見上げた。

「ぼくは葬儀屋だもの、刃物傷には詳しくないよ」

白雲が困ったように肩をすくめる。

鞠花が居合わせたら、髑髏真君の味方をするのかと怨めしく言われるかもしれない。

誰の味方をしているつもりも、紅花にはない。だが、事実が隠されているのなら、明らかにしたい。

真実にたどりつきたい。鞠花の顔を潰すかもしれないが、偽りを見過ごしては、紅花の手落ちになる。

鞠花とて、過ちは正したいと考えるはずだ。

「殺人現場を見せていただければ、自殺か他殺か、断定できると思います」

「ならば今すぐ！　紅花、蛍火の部屋はこっちだぞ！」

九曜は破顔したまま、紅花の左手をいきなり握りしめた。

紅花はぎょっとした。往来で男女が大っぴらに手を繋ぐことは恥だ。失礼なと言って、手を振り払おうか。迷ったが、九曜の好きなようにさせてやることにした。九曜からの好意だと思ったからだ。石英に噛みつくような勢いで接していた九曜が、自分には親しみを覚えてくれたのかと思うと嬉しかった。だから、戦場の外で異性と手を繋ぐのははじめてだし、親族が見たら眉をひそめるだろうが、患者に触れるときのようなものだと思って意識を切り替える。

「九曜も検屍助手なの？」

九曜が顔をしかめて手を引いた。そんな話などする暇はないと言いたいのだろう。早く現場に行きたくてしかたがないと見える。だが、利き手でなくとも力は紅花のほうが強い。

答えを聞くまでは手を離さないし、動かないから。

「ああ、……君は、瘍医か、軍人むきだな。戦場から戻ったばかり。北では、小瘍医とでも呼ばれていたか」

びっくりした。

また、胸の柔らかいところを刺された心地がした。

九曜の言葉は答えになってない。逆に、紅花のことを言いあてた。

「どうして、私が戦場にいたと？」

戦場での体験を、九曜は紅花のなにを見て気づいたのか。

得体の知れない暗闇《くらやみ》のなかに、手を差しいれるような真似をしている。噛みつかれたり、手首から切り落とされたりするようなことが起きるかもしれない。危うい、と自覚はしていたが、それでも聞かずにはいられなかった。

じっと紅花を見てから、九曜が唇を開いた。

「まず第一に、君は纏足《てんそく》をしていない。そもそも、君の振り返りかたを見れば、武術の心得があると容易に知れる。すっかり武人の動きが身についているな」

後ろから呼ばれて振り返るとき、普通は上体をひねったり、足を一々いれ替えて姿勢を変える。だが、武術を習った人間は、足裏をくるりと回転させてむいている方向を変える。

振り返りかたなど意識していなかった。だが、指摘されれば、納得ができた。言われてみれば簡単な推理だ。

得体の知れない暗闇も明るくなれば怖くなくなる。胸の内を読まれていたわけではないのか。どこか、ほっとする。

「武術ができるくらいで、女の私がなぜ戦地から帰ったばかりだと?」

九曜が左腕の髑髏を抱え直す。ぽっかりと空いた眼窩《がんか》が、紅花を捉《とら》える。おまえを見ているぞ、おまえのことを知っているぞと語っているようだ。気味が悪い。骸骨《がいこつ》だとわかっていても、二人に見られているようでなんとも奇妙だ。

「君の衣服は新しい。緑色の縁のついた対襟の上着と、薄黄色の褲。今までの衣服は捨て、開封で仕立てたからだろう」

九曜が紅花の衣服を見た。つられて紅花も自分を見おろす。

「たしかに、あなたの言うとおり。だけど、どうして時期までわかるの？　服を仕立てたくらいで、戦場から帰ったばかりだと言いきるのは、あまりにも早計でしょう」

九曜がそっと目をすがめた。なにもかも読み解かれそうな瞳だ。九曜がそういう怪物にすら見えてくる。だが、たとえ暗闇のなかから怪物があらわれたとしても、紅花は対処してみせる。焦りと恐怖、それから少しの好奇心に、ぺろりと唇を舐めた。

「いくら父君が罪悪を覚えていても、許家の人間は慎《つつ》ましい性格をしている。必要なければ、衣服の新調などしないはずだ。だから、君が持っていた衣服は、とてもじゃないが、表を歩かせるには恥ずかしい状態だったとわかる。ならば、君は今まで、どこにいた？」

「満足な衣服も用意できないところなんて、戦場以外でもあるはず」

紅花は息を呑み、急いで平静さを装った。

「いいや、戦場だ！　鞠花の父君は戦場に赴いていた。ならば、彼の子供もまた、戦場で暮らしていたと考えるのが正解だ。父親の助手として、ついていきたいとせがんだのだろう。だが、鞠花には幼い頃から婚約者がいるから、身軽な君が選ばれたんだ。北方《ほっぽう》で、西夏軍との戦を繰り広げているさなか、布衣《ほうい》を新調する余裕なんて、あるはずがない」

あまりにも完全な推理だったので、今度こそ、紅花は否定ができなかった。

丸裸になった心地だ。九曜に悪意が感じられないから、たえられる。

だが、気味悪いと感じる人の気持ちもわかる。

「老齢だからと、年齢を口実に引退したらしいね。だが、それは表むきの口実だ」

九曜が迷わず、根幹に迫ってくる。

「本当の理由が、ほかにあるとでも?」

「当然だ。君は知っているはずだぞ、紅花」

指摘どおり、紅花は答えを知っている。だが、言葉に出したくない。

「知らない」

「嘘《うそ》だ」

はっきりと真実に迫られて、紅花は苦しくなった。どうして九曜にはわかるのだろう。

「知らない! 真意なんてあるなら、あなたの口から聞かせて!」

紅花は九曜をねめつけた。

九曜の双眼が、紅花の意図を探るかのように、きょろきょろっと動いた。

「君の父君は医聖とまで呼ばれ、大将軍閣下に請われて従軍した瘍医だ。だが、必要とされたくらいの口実で、長いあいだ、戦地に留まったりはしない。金や名誉を欲しがる男ではない。ならば、戦いという非日常に、魅入られていたのだ。それにもかかわらず、急に開封の都に戻ってきた。なぜだ? 真意は、娘が射られたからだ」

九曜が紅花の右手を見おろす。同情など微塵もない。ただ、念をいれて調べるために見ている、非情な瞳だ。恐ろしいほどに澄んでいた。

紅花も、平静を保とうと、深く息を吸った。

「戦場の怪我よ。いつ殺されても不思議じゃない『場』だもの。父上の責任じゃない」

「君の怪我は、別格だ。父君に引退を決意させるほどの、な。だが、娘の怪我くらいで、戦場を愛した男が、都に戻るだろうか？　答えは、否だ。君を優先したわけは、君が父君のために怪我をしたからだ。父親にすれば紛《まぎ》れもない罪悪だよ。どうだ？」

九曜が射貫《いぬ》くような瞳で紅花を眺めながら、自信に満ちた笑みを浮かべた。

紅花は前庭の中央で立ちつくした。

きっと否定をしても、九曜に真実を見抜かれる。

そう、私の父は歴戦の従軍医だ。ただ、娘が怪我をしたくらいで引退はしない。

だが、娘が自分を庇《かば》って怪我をしたとなれば話が別だ。

弓が父を狙っていたと気づいたとき、後先を考えずに庇った。矢がつき刺さった重たい衝撃を今も覚えている。

父を守れた喜びで、その顔を見上げた。褒めてくれるかと思った。けれど、父の顔は悲痛にゆがんでいた。

でも、後悔なんかしていない。父を守れて嬉しかった。たとえそれで父が私に罪悪を覚えても——。

紅花がきゅっと唇を噛むと、九曜がぱちぱちと瞬きをした。

「だとすると君はなぜ、人に心配をされる引きこもりだった？　そうか、君の怪我の理由は秘密にされているんだな。どうして？　孝行娘と言われるだろうに」

「父は反対したけど、私のわがままで押しきったの。私は父を守りたかったから。なぜわからないの？」

「まったくわからない、君の利益をなぜ最大化しない」

「あなたはそんなに賢いのに、人の情はわからないのね。そして空気を読めずに皆から嫌われる」

ふと目の前で、真実を暴《あば》き立てる麗しい才人が、なぜか弱々しく見えた。

「あなたは自分をまだ大事にできないのね」

「……そうかもしれない、ぼくは、ぼくが大事でないから」

ぽつりと九曜がこぼした。

これまでとは明らかにちがう態度に、内心でびっくりした。

俯《うつむ》いた顔を見て、紅花はあらためて九曜という人について考えた。

この人は聡明《そうめい》だ。だけど他人の感情が読めない。それでは人を怒らせるはずだ。でも、読めないだけであって、その根底には優しい気持ちがあるのかもしれない。

九曜と繋いだ手に意識をむける。自分と同じくらい温かく、どこか心地よかった。

九曜も同じように感じているだろうか。

「あなたは、私について、調べたわけではないのね」

「調べるなんて時間の無駄だ。観察すれば誰にだってわかる。石英より先に現場に行こう」

「ねぇ、九曜。見ただけで何でもわかるなんて、本当に、驚いた」

ぴたりと、九曜の動きがとまった。

「珍しい感想だ。本当に、そう思う?」

紅花を見る九曜の瞳は揺れていた。惑乱しているようにも見える。

だが、九曜に考えは読まれても、九曜の考えはわからない。

「もちろん。心から。……あなたみたいな人には、はじめて出会った。本当に聡明。誰だって別格だと思うでしょう?」

正直に答えると、九曜が表情をゆがめた。

泣いているような、怒っているような、複雑な顔つきに、不器用な微笑みなのだと気づくのが遅れた。

「みんな、必要ないのに出しゃばるなって嫌な顔をするよ。骸骨に話しかけたりして心を病んでるんだってね。いかれた髑髏真君だって、陰で笑ってるのも知っている」

九曜が、紅花の背後に目を移した。

たたずむ石英が、そっと顔をそらした。そこで、九曜の指摘が真実だと知れた。

「なるほど。優秀すぎるってことね」

研ぎ澄まされた刃ほど、たやすく人を傷つけるものだ。

紅花は九曜の手を引いて、「行こう！」と妓院のなかに駆けこんだ。

第二章

妓院の忘れ物

1

妓院のなかには、外の池と通じる水路が作ってあった。子供くらいある蝶《ちょう》や金魚の模型が天井から吊るされている。朱色の欄干が目に鮮やかだ。妓女たちが足音を聞きつけて、何事かと部屋から顔を出す。夜の香りを漂わせ、気だるげに羅衣を身にまとっている。その合間を自分たちは駆けていく。時々九曜につき飛ばされた誰かが悲鳴をあげる。

たどりついた蛍火の部屋には、猫脚の円卓と椅子《いす》が置かれ、応接室の奥には寝室が繋がっていた。天蓋《てんがい》つきの豪奢《ごうしゃ》な寝台がある。左右には棚が置かれ、壁には書が飾られて、大きな鏡のついた化粧台があった。二つの部屋は絹の帳《とばり》で隔《へだ》たれていた。

九曜は紅花の手を離して帳を撥ねのけると、まっすぐに化粧台を指さした。

「現場検証を始めよう！」

九曜が高らかに声をあげた。

「蛍火はこの部屋で死んだのね」

「そうだ、死体だけが運び出された」

九曜のおかげで殺人だとわかったので捜査しなければならない。犯人を見つける手がかりはあるだろうか。

化粧台の前には、丸椅子が倒れている。床や壁には血の痕《あと》は残ってはいたが、大半が拭《ふ》き清められた後だった。調度品なども一切置いてない。

開封一の妓女ならば、煌びやかな部屋に住んでいるはずなのに、新しい住人を待つかのようなそっけなさだ。まるで、葬儀を待つだけの遺体と同じだ。

なるほど。爪を切ってる最中での事故であるなら、部屋を遊ばせておくなど無駄でしかない。汚れが染《し》みついてしまう前に清めて、次の住居者に与えたいと考えるものだ。

けれど、これじゃあ、検証が難しくなる。

九曜が化粧台に髑髏をそっと置く傍らで、紅花は飛び散った血痕《けっこん》をたしかめる。血痕の形を見れば、血飛沫《ちしぶき》が飛んできた方角がわかる。

化粧台の方向だ。紅花は血の痕に指先で触れて、乾燥具合をたしかめた。

「蛍火の死体は、いつくらいに見つかったの？」

自分のなかに答えもあった。それでも、指を擦りあわせながら尋《たず》ねる。

化粧台の鏡越しに、九曜が紅花の背後にある戸棚を見つめた。

「昨日だ。手癖《てくせ》の悪い小間使いが朝のご機嫌伺いのときに、翡翠《ひすい》の簪《かんざし》を懐《ふところ》に収めてから死んでる！　と叫んだ。その後、数名の使用人が、これまでの迷惑料だと、気の早い形見分けをしたが、今もって誰も気づいていない」

「部屋の調度品がないって思ってたの。抽斗《ひきだし》や棚からも盗まれてたってことね。盗みは犯罪でしょ。たとえ死者からだとしても、盗んでよい理由にはならない。どうして官吏に言わなかったの？　窃盗に気づいてたのに」

「聞かれなかった」

悪びれもせず、九曜があっさりと応えた。

「あなたには道徳心も備わってないの！」

思わず紅花は眉をひそめた。

「戦場だって、盗人《ぬすっと》の真似をする者たちがいただろう。君は、それらを黙って見ていたはずだ」

紅花は黙った。九曜の言うとおりだ。快《こころよ》く思っていなかったが、黙って見過ごすしかできなかった。九曜を責められない。

「蛍火には、弟がいたはず。蛍火の遺品は、唯一の肉親である弟の所有になるはずね。弟は、形見を受けとれたの？」

九曜が首を振って、化粧台を指先で軽く叩いた。

「蛍火の遺品は、養母である妓院の女主人の所有物となる。蛍火は養母の所有物だからな。身請け代金が入らなくなったから、当然、女主人は遺産を独占するわけだ。一流の妓女を育てるには、莫大《ばくだい》な養育費が必要だ。投資したぶん、回収しないと割に合わない」

妓院の内情はわからない。むしろ、どうして九曜は詳しいのかと疑問に思った。だが、年長の官吏相手に捲《まく》し立て、妓院を我が物顔で走り回る行動力を考えれば、聞かずとも想像がつく。

常識に関して、九曜に言ってやりたい言葉は色々と浮かんだ。しかし、よく知らない相手だ。まだ出会ったばかり。だけど、こんなに短いあいだに激烈な印象を残した相手はいなかった。どこまで踏みこんでよいのか計りかねながら、蛍火の遺産に思いを馳《は》せる。

開封随一の美女と謳われたのだから、かなりの金額になるはずだ。

「蛍火が死んで得をする人物は、妓院の女主人ね。場合によってはすでに身請け金額よりもたくさんの金品を持っていた可能性がある。けれど、形見として妓院の女主人が独り占《ひと》《じ》めできる」

すでに、開封府の役人があらわれる前に、妓院では蛍火の突然の死を受けて、たくさんの人間が部屋に出入りした。

殺人現場を踏み荒らすだけでなく、盗人のような真似をした者もいる。善意か悪意かわからないが、部屋を清めて手がかりを消した者もいる。犯人と悟られぬように、偽装工作もできる。時間的な猶予は、充分にあった。

蛍火は、妓院という籠《かご》で飼われていた鳥だ。妓院の主であれば、籠の鳥を殺すなど造作もない。

婚約者が開封府に検屍依頼しなければ、誰も殺人だなどと疑わずに片づけられた。

「ちがうぞ、紅花。蛍火の相手は、ただの男ではなくて高官の息子だ。妓院の女主人には、蛍火を殺す理由などなかった」

紅花の推理を、九曜があっさりと否定した。嫌な気持ちはしなかった。それどころか、目の前の雲が開けていくような晴れやかさがあった。

「もしや、妓院の主は蛍火を高官の息子に嫁《とつ》がせたかった？」

「とてもね。女主人のもとには、蛍火の遺産など優に超える身請け料が手に入るはずだった。だが、なにもかもが失われてしまった。蛍火を守るために、妓院の警備増強までしていたのに」

ふっと九曜が唇をゆがめた。妓院の女主人を馬鹿にするような笑いかただ。紅花は九曜の顔から顔を背《そむ》けた。

妓院の周囲にも、庭にも、屋内にも、それらしい護衛の姿は見あたらない。九曜の言葉を信じるなら、守るべき蛍火が亡くなり、警備など必要ないと、早々に妓院から追い出されたと見える。

妓院の主にとって、妓女は、手塩にかけて育てた美しい商品か。都合のよい買い主が見つかったのに、商品を潰すような愚かしい真似は、たしかに、しなさそうだ。

妓院の主が犯人でないなら、いったい誰が蛍火を殺したのか。

紅花はあらためて、部屋をぐるりと見まわした。

応接室と寝室には、それぞれ窓がついている。

寝室の窓際に近づき、身を乗り出して外を眺めた。

「訓練をつんだ者なら、警備の隙《すき》をついて壁をよじ登り、窓から忍びこめたでしょうね。昼は、さすがに目立つだろうけれど」

賑やかな繁華街を、大勢の通行人が行きかっている。

しかし、夜ならば闇が味方をしてくれる。

「残念ながら、侵入経路は応接室の扉だ。犯人は堂々と内側からあらわれたのさ」

言うなり、九曜は倒れていた椅子を摑み、化粧台の前に置いて腰かけた。

「いいの？　物証を勝手に動かしたり、使ったりしても」

九曜が鼻先をつんと上むけた。

「気にするな。ぼくが来たときには、この椅子だって、凡愚どもによって動かされていたよ。だが、観察したから、事件が起きたときに、倒れた場所が掌握できている。それより、始めてくれ。事故死ではないと断言できるのだろう？」

薄い笑みを浮かべる九曜は、謎解《なぞと》きを楽しんでいる。

熱っぽい声に紅花は軽くうなずき、「その前に」と九曜を見つめた。

「話を最後まで聞かせて。どうして、入ってきたのが屋内とわかったの？　妓院は、厳重に守られていたと言ったよね」

疑っているのではない。自分には想像がつかない真実を教えてくれる気がした。

九曜が床を指さした。

「床の血痕から、事件が起きた流れを遡《さかのぼ》った。お望みなら、どうやって入ってきたのかを演じてみせよう」

「ぜひとも、見たい」

間を置かずに願う。

すると、九曜がにやっと歯を見せて笑い、指先で絹の帳を示した。

「応接室と寝室のあいだに、帳がある。紅花、帳のむこう側から、寝室に入ってみてくれ」

「私が犯人役ってわけね」

楽しいな。

犯人役と被害者役に分かれて事件の再現だなんて、どんな真実を見せてくれるのか興味がある。紅花はちょっと笑って、指示どおりに、いったんそこで応接室に戻った。

あらためて帳のあいだから寝室に入る。

「まさに、今の紅花と同じようにして、侵入者も寝室に姿を現した。蛍火は酔っ払ってはいたが、すぐに気づいた。顔見知りだったからだ。侵入者とむきあうために、わざわざ、座り直した」

言うなり、九曜も座り直して、紅花にむきあった。

「そこで、犯人は小刀を振《ふ》り翳《かざ》し、蛍火を斬りつけた?」

九曜が軽くうなずいた。

「君の言うとおり、犯人は男だった可能性が高い。斬りつけられた力で、蛍火はそのまま後方に倒れた。椅子ごとね」

「かなりの力だったからね」

「だけど、窓から侵入しようとするなら、化粧台をむいた蛍火の背後から犯人は近づかなくてはならなかった。さすがに蛍火もさわぐだろう。鏡越しに犯人の姿が映るからな」

「顔見知りの犯行なら、妓院の内部にいる人間が犯人よね」

九曜が化粧台の髑髏と見つめあった。紅花にはわからない会話をしているような、不思議な疎外感《そがいかん》を味わった。

いったいなにを喋ってるんだろう。どうせなら私にも聞かせてくれたらいいのに。

「犯行は、妓院にいても不自然ではない人物なら、誰でも可能だ。だが、化粧台に座る姿を見られても、蛍火が恥ずかしいとは思わなかったほどの、親しい相手に限られる。さあ、ぼくの話は終わりだ。質問がなければ、そろそろ殺人だと断言してくれ」

感情を露《あら》わにした九曜の求めに、「望みどおりに」と、紅花は右腕を肩の高さまで持ちあげた。

九曜の推理に体が熱を持ってきているのがわかった。

「私も再現していいかな。ちょうど、あなたが腰かけているから、あなたを仮に蛍火だとする。傷跡は、喉から臍下にかけて、上から下へむかって切られていた」

蛍火の傷跡どおりに、九曜の首から臍《へそ》までをたどる。

が、すぐに自分の間抜けさに気づいた。

「そちらからは見辛い……どうしよう。実際に斬りつけるわけにはいかないし」

九曜は「それはおもしろい」と瞳を輝かせ、帳のむこうに呼びかけた。

「石英、呼吸は落ちついたか？　文官の体力は女にも劣るとは、うまく表現したものだ！　今すぐに、朱墨と小刀を用意しろ！」

2

硯《すずり》に朱墨を用意した石英が寝室にあらわれると、続いて白雲が、装飾の施された小刀を持って、ひょいと顔を出した。

「蛍火の小刀と同じものはなかったけど、形の似たものを借りてきたよ」

小刀を差し出した白雲は、にっこり満面の笑みだ。ありありと、「褒めて」と顔に書いてある。どこか演技がかっている表情は、求められるままに褒めてはならないような気にさせた。

九曜が眉をひそめて、小刀をひったくるようにして奪った。

「出ていけ、白雲。おまえの役目は終わっている」

犬にでもするように、九曜が手だけで白雲を追い払った。

「嫌だなぁ、九曜。初対面の紅花には、手まで繋いであげたのに！　もっとぼくにも優しくしてよ！」

白雲が誇大な動作で嘆くと、九曜が腐った魚でも見るような目をした。石英と喚きあっていたときとはまったくちがって、心からの憎悪が剝《む》き出《だ》しになっている。

白雲は九曜を気に入っているようだが、九曜は敵意で返している。二人には、なにか因《いん》縁《ねん》があるのだと悟った。

因縁に巻きこまれてはたまらない。紅花は距離を置こうと思った。

「優しくされたいなら、謎が明らかにされていない死体を、そうと知りながら持ち去るのは、やめろ」

「ぼくはなにも知らないよ。九曜が、謎に気づくのが遅いだけ」

九曜が忌々しげに舌打ちをした。

「ぼくは、おまえが、死体になにをしているか、知ってるぞ」

死体を持ち去り、なにをしているのか、紅花には三とおりの嫌な想像ができた。死体の頭髪や油を売る、可食部を売る、死体の愛玩者《あいがんしゃ》に売る——などは、戦場でも見かけた行為だ。

どれも嫌悪の対象となる商売だった。ただ、金には、なる。

「お仕事だもの。葬儀をしなくちゃ、腐ってしまう。生ものだもの」

葬儀をするだけならば、多少の腐敗は、かまわないはずだ。鮮度にこだわる白雲に、嫌な想像のどれかが、きっと正解なのだと思えた。

嫌だな。好きになれない。

紅花は白雲から距離をとった。

「蛍火の死体は渡さない。紅花が、他殺と断言してくれるからな！　おまえは邪魔だ、今すぐに出ていけ！」

喚くなり、九曜は白雲に背をむけて、小刀の柄側《え》を紅花に差し出した。

「やっぱり、強敵になっちゃった！」

白雲が歯を見せて笑いながら、寝室を出ていった。

紅花はぎょっとした。なにを言っているんだ。白雲の言葉の意味を考えてみる。強敵とは、検屍助手としての能力ではなくて、九曜の関心を得られるか、という意味か。気持ちの悪い男だ。

薄気味の悪さを覚えながら、黙って小刀の柄を左手で掴むと、鞘《さや》から引き抜いた。刀身はよく磨《みが》かれている。

石英が化粧台に硯を置いたので、刃先に朱墨をたっぷりとつけた。

「おい、紅花！　蛍火は右利きだぞ！」

「うるさい、石頭！　いいから黙って、紅花を見ていろ！」

紅花は震える右手に小刀を握らせ、左手で落とさないように押さえた。

高そうな服が汚れるぞと、前置きする必要はないだろう。

人を斬るためではなしに刃物をむけるのは、はじめてだ。

右手を左手で摑んだまま、先刻と同じように、腕を振りあげた。そのまま、一気に衣に朱色の線を引く。

「首の左側から振り下ろされた小刀は、鎖骨を削り、胸の中央左乳房よりを下りて、腹を搔《か》っ捌《さば》き、臍下でとまっていました。柔らかい腹部に、すっかり刃先が埋まってしまったからです。よほど怨みが激しかったのかな。強くひねってから、小刀を引き抜いている。

九曜、刃物は、怖くない？」

「おもしろい。続けて」

九曜の双眸《そうぼう》は星のように煌めいていた。

嬉々《きき》とした表情に、なんだかおもしろくなってきた。初対面の相手に刀を預けて、刃先で撫《な》でられておもしろいと喜ぶ人を、紅花はほかに知らない。

まるで、愛《いと》しく撫でられて喜んでいるようにも見える。

度胸のよさに、思わず唇がゆるむ。強い人は男女を問わず好ましい。

紅花は「落ちつけ」と舌先で唇を舐めた。殺害方法を話しながら微笑むなど、あまりにも不謹慎だ。

「もしこれが事故なら、蛍火は……酔っていて、眠ってしまいそうだったのかもしれない」

爪を切るつもりでいても、眠気に抗えなかったか。ゆらゆらと体が揺れて、ふとした拍子《ひょうし》に意識が遠のき前のめりに椅子から落ちた、と仮定する。

衝撃に備える方法は訓練で身につくものだ。紅花ならば、椅子からなにかの拍子に転がり落ちたとしても、すぐに危険な刃物を手放せる。体を丸めて、痛みなどを軽くする体術が身についている。

しかし、そうでもなければ自分の体をどう使えば無事にすむのかわからないものだ。

とっさに手は出たかもしれないが、握ったままの小刀はそのままだった、と鞠花は考えたのだろう。

「意識がもうろうとしていれば、自分が椅子から落ちそうだということにも気づかぬまま、前に倒れたのかもしれません」

小刀に朱墨をつけて九曜に手渡す。

「前のめりに転がればよいのだな？」

軽くうなずくと、九曜が右手に小刀を握ったまま、左手から床についた。

「勢いがあり、酔っていては、とても体重を支えきれなかった。体勢を崩して床に倒れこんだ。その際、右手の小刀の上に体が覆《おお》い被さった。九曜、自分で描けそう？」

「書画は嫌いだが、これは楽しい」

九曜がふふと笑って、襟元から胸に朱色の線を描いた。

「次に、とっさに右腕を引いた。痛みから逃れようとしたのか……酔いは痛みを鈍《にぶ》らせますから、もしかしたら、激突の際に体が何度か弾み、肘《ひじ》が引けたかのかもしれないな。とにかく、刃先は蛍火の腹をも傷つけた。九曜、臍のあたりまで描けたら、立ちあがって見せて」

九曜が立ちあがると、石英が布衣をじっと見た。

「なるほど、一方は迷いがなく、もう一方は歪《いびつ》な線だな。だがな、自殺と考えたら、どうだ？　覚悟の上で、自らの体を切り裂いたとしたのなら！」

石英が自信たっぷりに吠えた。

「馬鹿め！　爪切りの途中にか？」

九曜の鋭い指摘に、石英が忌々しげに顔をゆがめる。

石英はけっして愚かではない。だが、九曜を前にすると、どれだけ見ていないのかを思い知らされる。検屍官としては不本意極まりないだろう。

「本当に、他殺なのだな？　間違いではないのだな」

紅花は深くうなずいた。

「自殺でも、事故死でもありませぬ。何者かによる、殺しです」

石英が忌々しげに舌打ちをした。

「喜ばないのか、石頭。真実を暴くのが検屍官の使命では？」

どことなく、九曜が石英の応答を面白がっている。

少しも隠そうという気持ちのない揶揄《やゆ》に、石英が眦《まなじり》を吊りあげて九曜に怒鳴った。

「たしかに、真実は白日の下にさらされるべきだ。だがな、おまえにだけは言われたくはない！　おまえは開封の平和のために、死体の謎を解いているわけじゃない。単に、おもしろいからだ。楽しいからだ。おまえ自身の喜びのためだ！」

荒い息を吐《は》いて、石英が肩を上下させる。

九曜はまったく意味がわからないという顔のまま、小首を傾《かし》げた。

「なにが悪い？　ぼくは正道なんぞに関心はないし、聖人を気取るつもりもない。ただ、犯人を逮捕できないなら、それは公務上の過ちだ。おまえと金豚は、その無能ゆえに、重たい責任をとらされる。だが、ぼくにはまったく関係のない話だ！」

石英を見下した物言いは、本心からの言葉にちがいない。優しさなど欠片《かけら》もなく、ただ怒りを煽《あお》るだけだ。むしろ、九曜は石英を怒らせたいのか、わざとやっているのではないかとさえ思わせる。

案の定、石英の顔色が真っ赤に染まった。

まったく、ひどい言葉を平然と使う人だなと紅花は呆《あき》れた。とはいえ、石英のそばに立って、九曜を非難しようという気持ちは起きなかった。

九曜は役人ではない。自殺という判断を覆し、殺人だと看破してみせた。検屍の動機が九曜の楽しみのためだとしても、真実は明らかにされたのだ。

それならば、褒められるべきだ。

あとは石英たち官吏の仕事だ。開封都に住まう者として、安寧《あんねい》を守るためにも、蛍火を殺した犯人を捕らえてほしい。

そこまで考えて、紅花は、九曜の言葉に含まれた、「無能」という単語に強い違和感を覚えた。こわごわ尋ねる。

「九曜、もしかして……あなたには、犯人の見当がついている?」

石英と趙延命には不可能でも、九曜にならば、犯人を捕まえられる自信があるのか。ただ、犯人検挙に興味がないだけで。自信家らしい性格を鑑《かんが》みれば、九曜自身にはできない行為に関して「無能」と言い放ち、石英を馬鹿にしたりはしない気がした。

「当然だ! が、証拠がない。犯人はなにも残さなかったからな。凡愚には捕まえられないだろう」

自信満々に断言した。

いったい、誰が犯人なの。まったく見当がつかない。

考えてもわからないので答えを聞こうとすると、紅花と九曜のあいだに石英がわって入ってきた。

「待て待て！　妙な話を口走るな。凶器は、蛍火が握っていたのだ。憶測だけじゃあ、妄想と同じだ。どれだけ怪しくとも捕まえられない」

「その犯人は、爪屑を残して去りました。証拠になるのでは？」

紅花は化粧台の上を眺めた。九曜が首を振って石英を見た。

「爪屑では、犯人だと定めることはできない。犯人は、自分の爪を整え直しているはずだからな」

「そいつが殺人罪を犯したと断定できる、動かぬ証拠が必要だ！」

石英の口から飛沫が飛んだ。

九曜がちらっと石英の表情を眺めて、眉間に皺をよせた。

「捜査に協力しろと言いたいのなら、断るぞ。ぼくは、死体が好きなだけだ！　それも、謎めいた死体がな！　物言わぬ死者の代わりに、死の真実を探すのだ。これ以上に楽しいものはない！」

犯人の捕縛にはまったく関心がないと断じる九曜は、死体製作者である犯人に「楽しみをありがとう」などと礼を言いかねない調子だ。

九曜は常識という言葉をすっかり捨て去っている。むしろ、常識を失った代わりに、類まれなる観察眼を手にしたのだろうか。

これほど優秀な頭脳を持っているのなら、きっと多くの人を助けられるはずなのに。

「犯人を野放しにすれば、おまえもまた、危険な目に遭うかもしれないのだぞ」

石英が九曜の非常識さを叱《しか》りつけても、九曜にはまったく通じない。

「危険な目だと？　ぼくも死体の仲間入りになるような、か？　それはおもしろいな！どうせ死ぬなら、複雑怪奇な死体になりたい！」

ぴょんと楽しそうに跳ねる。同意など微塵もできないが、きっと本心からの願いだ。それなら、九曜を頭から否定する気には、なれなかった。

しかし、九曜の態度は石英の目に挑発と映ったと見える。

石英が肩を震わせながら、ぎゅっと拳を握った。

「だったら、俺に関《かか》わるのをやめろ！」

悲痛な叫びに、紅花はまじまじと石英を眺めた。顔を真っ赤に染めて、唇に力をこめて九曜を見据えている。

石英と九曜のあいだにも、別格の繋がりがあるのか。

九曜が鋭い眼光を石英の顔につき刺した。しかし、すぐに悪い笑みにと変わった。

「同情するよ、石英検屍官殿。宮仕えは苦労が多いな！　心を病んだ髑髏真君の調教師を押しつけられても、断れない。強大な権力の前には、屈するほかないか！」

嘲笑《あざわら》う九曜に、石英が表情を消した。九曜の表情がわずかに変わる。どこか、驚いたような瞳が、せわしなく石英の顔を観察している。

もしや、九曜が想像していなかった反応だったのだろうか。紅花も、てっきり再び、九曜と石英の言い争いが始まるかと身構えていた。

だが、予見に反して、石英は静かだった。

「爆発寸前は、なにも鞠花だけではないぞ。たしかに、おまえの推理で解決した事件もある。だが、輝かしい成果がすっかり眩《くら》む程度には、莫大な迷惑をかけられてもいる。髑髏真君を追い出せと喚きたてる官吏の不満を、いつまで開封府尹《ふいん》（長官）が抑えていられるのか、聡明なおまえなら、わかるはずだ」

淡々とした口調は、石英の怒りが頂点を越えた証《あか》しだろうか。

不快な言葉を投げられ続ければ、我慢という防波堤が決壊するという想像すら、九曜にはできないのかもしれない。

「ふん、開封府に締め出されれば別の都市にむかうだけだ。大都市は開封だけではないからな！」

九曜が鼻を鳴らして、そっぽをむいた。

石英の機嫌をとろうなどという殊勝《しゅしょう》さは微塵もない。必要性すら感じていない。叩き落とした末にわれるような器なら、壊れるに任せるとでも言わんばかりの傲慢さだ。

「開封だけではないだと？　嘘をつくなよ、九曜。私も、科挙を受験した文官だ。侮るのは勝手だが、おまえが開封にこだわる真意はわかっているぞ。開封は大宋帝国の首都だ。どんな地方都市よりも数多く、謎めいた死体と出会えるわけだ。気づいてないとでも思っていたか？」

人の悪い笑みを浮かべて、石英が九曜を追い詰めた。

石英と九曜は、親子ほどにも年齢が離れている。だが、大人げないという言葉を、石英はすっかり捨て去った。散々好き勝手に罵倒《ばとう》されているのだから無理もないと、紅花は内心で石英に同情する。

「小賢《こざか》しい石頭め！　犯人を捜して、有無を言わさぬ証拠を見つければよいのか！」

今度は、九曜が地団駄を踏んだ。

「そうしてくれるなら、再検屍の結果は、事故死ではなく殺人だと死体検案書にきっちり記載して、開封府尹に提出してやる。だが、犯人の捕縛ができねば、おまえはもう二度と、開封府の検屍には立ち会えなくなるぞ！」

九曜相手に本気で喧嘩《けんか》を吹っかける石英は、端《はた》で見ているぶんには滑稽《こっけい》で、どこか憎めない。

「開封府尹が、……たとえ、皇帝が命じてもか？」

九曜の脅し文句を、石英が鼻で笑い返した。官吏にとって皇帝は最上位の存在だ。神にも等しい。そんな皇帝という言葉を出されてもなお、圧倒的な優位を確信した、得意顔だ。

これまでいかに九曜に抑圧されてきたのかが、やや見てとれた。きっと、石英には強い切り札がある。反撃の機会をずっと狙ってきたにちがいない。

「おまえの顔を知らない新人、耳の聞こえない老官吏、口の堅い下級役人、おまえを妨害するためなら助力したいと申し出るやつらは、腐るほど大勢いるだろうさ！」

石英はやられっぱなしでいるような男ではなかった。九曜と石英は、検屍という利害で一致して、それなりに対等な関係を、それなりの期間、築いてきたのだろう。

むろん、関係はまったく良好ではない。たとえるなら、炎と油のような関係だ。相性がよいのか、悪いのかよくわからないが、火力をあげるのには、これ以上にない、絶妙な組みあわせだ。

誰が石英を九曜の調教師に選んだかは、知らない。だが、よほど見る目のある人物だったにちがいない。

九曜が舌打ちをした。

「やめてくれ、紅花。ぼくは調教師なんて必要としてない！」

唐突に矛先をむけられて、紅花は飛びあがりそうになった。

「もしかして、私、考えを口にしていた？」

哀れみを浮かべて、九曜が首を振った。

「表情を読んだ」

考えを読まれるのは好きではない。だが、九曜には望まずとも、わかってしまう。ならばしかたがないか。紅花が受けいれることにしよう。

読むなと言って、やめられるものではない。目が見える者に、目をふさいでいろと言うような無茶だ。それなら、読むなと拒絶するよりも、心を開いて九曜の聡明さに驚くほうが楽しい。

九曜の前に裸身をさらすような気持ちだが、そうすると決めてしまえば清々しい。

紅花は九曜に伝わりやすいように、微笑みを浮かべた。

九曜には、考えは読めても人の感情の機微はわからないだろうから、言葉でも告げる。

「やっぱりあなたはすごい。なにも隠せそうにない。……どうしたの？」

どこか困惑した表情に、紅花は九曜をうかがった。

「君は、逃げないんだな。石英といると、まわりに居合わせた人間は、さりげなさを装いながら、少人数ずつ消える。さすが、戦場帰りは忍耐力がちがうな。……どうだろう、ぼくの主治医に、ならないか？」

思いがけない提案に、紅花は九曜の頭から爪先《つまさき》までをたしかめてから、問いかけた。

「私が、九曜の主治医って？　どこか、怪我でもしてるの？」

「人は、ぼくが心を病んでると言うよ。主治医は表むきだ、正確には、ぼくの助手だな」

九曜の身なりからして、裕福な家庭に暮らしていると知れる。

主治医になれば、安定した収入が得られる。世間から「許家の荷物」と哀れまれずにすむ。

「考えさせてくれる？」

九曜が、くしゃっと顔をしかめた。

「答えは明らかなのになにを考える必要がある？」

「なにも明らかなんかじゃない」

「時間の無駄だぞ！」

「私には、開封府の検屍助手になる選択肢もあるんでしょう！」

主治医となれば、多くの時間をともに過ごさなくてはならない。きっと九曜には、検屍ができる女は便利だと思われているにちがいない。九曜の人となりも自己中心的だし、振り回されるのはごめんだ。

「ぼくのそばにいたほうが楽しいぞ！」

床を踏みつけて九曜が叫ぶ。そこに、耳目《じもく》（捜査員）たちが蛍火の部屋にあらわれた。

そのうちのひとりが、九曜に書簡を手渡した。

九曜は紅花を鋭く見つめたまま、手紙をひったくると、手早く開いて視線を動かした。

にやり、と九曜が笑った。

「誰に金をもらった？」

「へへ、子供に渡されました。高様にって。そのほかは存じあげません」

「紅花、これから君は後宮に行くことになる！」

いったい何事だ。

紅花はわけがわからないままに、九曜に腕を引かれて妓院を飛び出た。

第三章

謎めいた依頼

1

門外は、様々な人が行きかっていた。妓院が建ち並ぶ大通りには茶店や屋台が出て、食べ物を売っている。蒸《む》しやき肉、干し肉、胡麻《ごま》豆腐、包子《パオズ》、果物の飴《あめ》がけなどたくさんの商品が並んでいる。匂いが紅花の鼻をくすぐった。

ぐぅ。

腹が小さく鳴いた。紅花はぱっと腹を押さえた。そっと九曜を見る。

聞かれただろうか。

「食欲が出てきたのはよいことだ。今朝まで粥《かゆ》ばかり、それも残していたのだろう」

「……なんでわかるの」

腹が鳴ったのを悟られているのが恥ずかしく、同時に、自分のことを言いあてるところはすごいと思えて、紅花の顔は熱くなった。

「ぼくにはわかる」

九曜が自信に満ちた顔で笑うと、雑踏のなかを王宮の方角に歩いていく。後宮に行くと言っていたが、本気なのだろうか。後宮は王宮の中にある。だが、まっすぐ後宮にむかったところで、即殺されてしまうと思うのだが。

「あなたって、いつもそうなの？」

「いつもとは？」

「『ぼくにはわかる』、よ。いつもそんな感じなの？」

「ああ、なるほど。そうだな、ぼくの態度を不快に思う者のほうが多いよ」

「わたしは……嫌じゃないわよ」

むしろ、楽しい。興奮する。

「そうか」

九曜が小さく微笑んだ。どこか安堵《あんど》したような、見ていて胸が締めつけられる笑みだった。

「もっと、接しかたを変えるだけで、あなたの見方を変える人が多いと思うんだけど」

「……そんなこと、ぼくは望んでいない」

「本当に？」

「そうさ。あそこによろう」

九曜が指さしたのは、品のよい小さな建物だ。

「茶屋？　でもすごく並んでる」

建物の入り口にむかって、三十人ほど列をなしている。九曜が目を煌めかせて、列を抜かしていった。紅花も、並んでいる人たちの視線が気になったが、後を追う。

「入れませんよ、ほかのお客様のように並んでください」

戸口で店員が困り顔を浮かべた。

「店主を出せ！　ぼくは高九曜だ！」

九曜は声を張りあげた。

まもなく、五十代半ばと思《おぼ》しき女性が出てきた。小柄で、上品な顔をしている。九曜を見て、顔を綻ばせた。

「あら、九曜！　よく来てくれたわね。あなたならいつだって歓迎するわ！」

「席を用意してくれ。酒醸円子《しゅじょうえんじ》が有名だったな。彼女にひとつ。ぼくは茶でいい」

「あなたもぜひ食べていってよ」

「ぼくは、捜査中は食べない」

「あら、また事件なの？」

「そうさ」

大通りに面した席に通された。

歓声があがった。奇術や火吹き、玉乗りなどを披露する芸人たちが、通行人の歩みをとめている。

元気な都だ。

紅花は目を細めた。

「店主との関係を聞いてもいい？」

「事件を解決したんだ」

「どんな事件？」

「彼女の夫が殺人の容疑者として捕らえられたんだ。ぼくはそこで検屍して、真実を明らかにした」

「夫を救ったわけね」

「いや、死刑を確実にしてやった」

「えっ？」

「おかげで私は救われたわ」

店主が微笑みながらやってきた。お盆には玻璃《はり》の器と茶器が二そろいのっている。

「夫が亡くなって、幸せになれた……んですか？」

「そうなの。ひどい人だったから。死んでくれて助かった。この店も手放さずにすんだしね。九曜には感謝してもしきれないわ」

店主が白玉の入った玻璃の器を九曜と紅花の前に置き、茶杯も二つ置いた。

「ぼくは茶だけでいいと言ったぞ」

「せっかくだから、ね」

店主がふふと笑って、去っていった。

「人助け、してるのね」

「ぼくは死体の謎を解いているだけだ」

つんとして、九曜が茶杯に手を伸ばした。

「うん……」

それでも救われている人はいるのだ。

「あなたって本当に複雑ね」

「ぼくを知ろうとするな。無理なんだから」

「そう？　でも、知ろうとするのはいいでしょう？」

あなたに興味があるのよとじっと見つめると、九曜が瞼を伏せた。

「……勝手にするといい」

「ふふ、勝手にします」

九曜の寛容が心地よかった。

紅花は玻璃の器に手を添えた。

酒醸円子は、甘酒のなかに白玉団子と、飾りの果実が入っていた。匙《さじ》で掬《すく》って食べる。

ほんのり温かい甘酒とともに、弾力のある白玉団子を齧《かじ》る。旨味《うまみ》が口のなかに広がった。

これはおいしい。何杯でも食べられそう！

生きているから、出会えた味だ。

噛みしめていると、ふと視線に気がついた。九曜がどこかぽかんとして、じっと紅花を見つめている。

「なに？」

「あっ、いや……なんでもない」

なんだか頬を赤くして、ぷいっと顔を背けた。

なにかしら？

紅花はごくんと白玉団子を呑みこんだ。

「九曜、食べないの？　甘くって、すっごくおいしいわよ」

「もったいないと思うなら君が食べたらいい。まだ食べたりないのだろう？」

「そうじゃなくって……あなたに食べてほしいから出したんじゃないかしら」

もぐもぐと白玉団子を食べながら、九曜に問う。

「いや、ぼくが食べなくても気にしないさ」

「なんでわかるの」

「なぜわからないんだ？」

「そうね。……いただくわ」

手つかずの器をとって、白玉団子を掬う。ぱくんと口に入れて、よく噛む。柔らかいのに弾力があって歯ごたえがたまらない。

「あなたって、普段はなにをしてるの？」

「なに？」

「毎日検屍をしてるわけ？」

「おもしろそうな死体が出たら、報《しら》せをよこすように言ってある者が何人かいる。それで出かけるか決める。検屍は極上のお楽しみだけれど、常に複雑怪奇というわけではない。だが、謎に満ちた死体であったら当分はその死体にかかりきりだ。謎を解くまでは埋めてなどやらない。ぼくが満足するまでつきあってもらう」

「なんだか不謹慎な話ね」

「だが、これですべてがうまく回っているのさ」

九曜はそう言うが、石英との関係は破綻《はたん》しかかっているようだった。

「石英大人《さん》とは長いの？」

「あいつの話はやめよう、紅花。脳髄《のうずい》が腐るぞ」

「教えられない？」

あえて挑発的に問いかけると、

「そんなことはない。ぼくが検屍を始めた頃からの知りあいだ」

九曜がふんぞり返った。

「仲がよくないのね」

「気持ちの悪いことを言うな。あいつと仲よくしてどうするんだ」

「人と仲よくしておくと、さらに物事がうまく回るのではないかしら？」

「それは君の幻想だ。仲よくしなくたって差《さ》し障《さわ》りはないさ」

「それはどうだろう」

「ぼくが正しいぞ」

紅花は肩をすくめた。そうは思えないが、ここで九曜と言いあう気はない。

紅花は二杯目を食べ終えた。

「満足したか？　ああ、その顔を見れば言わなくてもわかる」

行こうと九曜が席を立った。紅花も続く。

二人で戸口までむかうと、店主が駆けてきた。

「もう行ってしまうの？　また来てちょうだいね」

「おいしかったです。また来ます」

「お口にあってよかったわ。本当に可愛《かわい》い人。九曜にお似合いね」

「言っておくが、紅花はぼくの妻ではないぞ」

「あら、そうなの？　てっきりそうだと思ったのに！」

「えっ、なんでですか？」

紅花はびっくりした。

「だって、あの九曜が女性をつれてくるなんて、ねぇ。でも、特別な人ってことには変わりないでしょう」

「紅花には、ぼくの主治医をしてもらうんだ」

「まだ決めてはいません！」

「あら、主治医？　お医者さんなの？」

「以前は……」

「また来てちょうだいね。お代は結構だから」

「いいんですか？」

「恩人からお金はとれないわ」

紅花は九曜とともに店を出た。

「おいしかった。ありがとう。あなたが人を救ってるって聞けてよかった」

「人を救っているわけじゃない。死体の謎を解いているだけだ」

「うん、あなたはそう言うよね」

紅花は苦笑した。

九曜は舟が行きかう水路に駆けよった。停まっていた高家の舟に飛び乗る。ちらりと紅花を見つめる。

紅花はうなずいて舟に乗った。

舟は宮殿とは真逆のほうに進み始めた。

「あら。後宮に行くと言ったのに、なぜちがう方角にむかっているの?」

今朝まで家に引きこもっていたのに、後宮ってどういうことなのか。この服で行くなんて恥ずかしくないだろうか。そもそもなぜ後宮にむかうことになるかも説明されていない。まだ彼のことで知れたのはほんの一端なのだと思った。

座ると、九曜が書簡を投げてよこした。

「匿名の人物から、熱烈な依頼書が届いた。蛍火の暗殺を依頼した者を知っているらしい。後宮の死体を検屍すれば、報酬として依頼者の名を明かす、とさ」

書簡の内容は、九曜の言葉どおりだった。江湖一美しい死体を生み出した人物について知りたければ、今朝後宮で見つかった死体を調べること。お互い得るものはきっとある。まずは貴君の聡明さに期待する——。

「匿名の書簡なんて、怪しい」

筆運びが正確な、規則正しい書体だ。きっちりとした性格なのだろう。

「だからこそ、おもしろいだろう? 正直なところ、蛍火殺害の証拠を探すのは難しい。血に濡れた衣服は、すでに捨てられている。状態を見ての証拠だけでは、犯人と断定できない」

「依頼主が犯人である可能性は?」

「ある」

「それに、後宮なんて、行こうと思っていける場所じゃないでしょう？」

「そちらは策がある。今日、許家に客人は来たか？」

頬を上気させて、目はまっすぐに紅花を見ている。満面の笑みが、まるで冒険に出ようと誘っているかのようだった。

「ひとり、いらしてた。けれど、それがどうかしたの？」

「それならいいんだ」

高家の舟は、許家の営む医院の前で到着した。

「で、私の家にどうして後宮にむかう策があるわけ？」

「いいから黙ってついてこい」

九曜が髑髏を抱えたまま、ひょいと舟を降りて、船頭に帰るように命じた。それから九曜は、患者であふれる医院の表玄関ではなく、裏口へむかった。

「家に来たことがあるの？」

「ない。でも、わかるさ」

九曜が裏口の扉を開けて、自分の家のように屋内にすたすたと入っていく。客室の前で、九曜が歩みをとめた。なかから声が聞こえる。九曜がにこりと笑った。

『それでは引き受けてくださらぬというわけですね』

『私は、後進を育て自分の技術を後世に伝えることに手一杯だ。我が君のおそばにはあまたと有能な人材が集っておられる。劉天佑《りゅうてんゆう》殿、そなたのようにな。御薬院《ごやくいん》での活躍の噂はこの庵《いおり》にまで届いておる』

御薬院は、皇帝とその身内のためにある集団だ。健康のための薬を研究して調合するほか、皇帝の私的、公的な場において常に扶侍する、側近中の側近だ。

父の許希は、若い頃は鍼の名医として名高く、開封では神の手と呼ばれている。重病に陥《おちい》った皇帝を鍼三回ですぐに治した。褒美《ほうび》として緋衣《ひごろも》、銀魚袋《ぎんぎょたい》（装飾品）及び金幣《きんぺい》をいただき、翰林医官《かんりんいかん》に封じられた。開封の西に廟《びょう》を建てたときには、医術を学びたいとやってくる人々が後を絶たなかった。紅花も彼らとともに医術を学んだ。

また皇帝になにかあったのだろうか。それとも、九曜が言うとおり、後宮でなにか起きたのだろうか。

「紅花お嬢様、なにをなさっておられるのですか？」

使用人が茶杯を盆にのせて運んできた。

「そうだ、挨拶《あいさつ》をしてこい」

九曜が声をひそめると、使用人から盆をひったくって紅花に手渡した。茶がこぼれかけたので、紅花は慌てて受けとった。

「挨拶って……なにか、意味があるんでしょうね？」

紅花が同じく声をひそめて問いかけると、九曜が使用人を追い払いながら、にっこりと笑った。

「もちろんだとも。さっさと行け」

九曜の態度は気に入らないが、後宮で見つかったという奇妙な死体は気になるし、御薬院の役人が何の用で来たのかも知りたい。

「失礼いたします。茶を持ってまいりました」

あっ、この男の人は！

部屋には父の許希と、朝に医院のなかでぶつかった青年がいた。この人が御薬院の劉天佑か。あらためて見ると、やはり身長が高くて、均整のとれた体型をしている。上品な雰囲気だ。目鼻立ちがよく、唇の形も整っている。緑色の絹の官服を身に着けているので、扉の外から聞いたとおりの高官だ。男になれるなら、こんな人になりたい。御薬院で活躍していると父が言っていた。ならば、立派な役人だ。好ましいなと紅花は思った。

紅花は微笑みを浮かべたが、紅花を見る天佑の目は、冷たい。おまえなんかに興味はないと、言われなくてもわかる態度だ。

今朝ぶつかったときも、同じ瞳をしていた。人が嫌いなのだろうか。

「ああ、帰ったのか。紹介しよう、御薬院の劉天佑殿だ。かつて太医署《たいいしょ》で医学を学び、翰林医官院にいる頃には私のもとに来て医術を学んでいたのだ」

「さようでしたか」

天佑とは過去に会っているかもしれない。だが、多くの門徒が訪れていたので記憶にない。それに会っていたとしても、こんなに冷たい態度をとるような人など覚えていない。

「そうだ。優秀な男で医者でありながら科挙に挑み、進士に及第した。今は御薬院に登用されている御仁だ。こちらは私の末娘、紅花だ」

「初にお目にかかります。紅花と申します」

医官としての奮闘だけに留まらず、科挙に合格して、役人となったとは。なるほど、華々しい経歴だ。

「それでは、あなたが小瘍医の紅花殿ですか！　戦場での評判は耳にしておりますよ」

うって変わって、天佑の瞳が宝石でも見るかのような輝きに満ちた。紅花は内心で、あ、またかと思った。使用人と間違われていたのだろう。

関わりあいになりたくないな。

戦場には似つかわしくない小娘であっても、父親を崇拝する者たちは紅花を大事に扱ってくれた。しかし、それはあくまでも紅花が医聖と呼ばれる父親の娘だからだ。

この男も、そういった輩《やから》のひとりだ。

信用してはいけない。こういった輩は、状況を見てすぐに裏切る。

盆を持つ右手が震え始めた。

なんでこんなときに。

盆の上で杯が揺れる。

天佑には知られたくない。弱みを見られたくない。

紅花は急いで茶を卓に置いた。

「小瘍医の紅花殿がおられるならなおのこと、ぜひとも、親子ともに後宮の変死の検屍をしていただきたい」

えっ。それじゃあ九曜が言っていたことと同じだ。

紅花は扉の外をちらりと見た。どんな顔をしてこの話を聞いているのだろう。目論見《もくろみ》どおりだと笑っていそうだ。

許希が顎《あご》に手をあてた。じっくりと紅花を見つめる。

「紅花、鞠花の仕事は代われたのか？」

「はい、うまくやれたと思います。事故死と間違われていましたが、何者かによる殺人です。傷の状態や、血痕の飛び散りかたから見て断言できます」

鞠花が紅花に代理を頼んだことを、父に話したのだろう。鞠花は、検屍結果が違ったと知って怒ったりはしないので、安心して結果を話せる。

任された仕事を果たせた！

紅花は許希の前で拝礼をした。

許希は何度もうなずいた。少し、目尻に光るものがあった。

「そうか。ならば、紅花に行かせよう」

許希は穏《おだ》やかな表情で目を細めた。

天佑を見上げると、慌てた様子で、

「しかし……我が君と皇后陛下から検屍を望まれているのは、師父です」

と言った。けれど、許希はにこりと微笑んだ。

「我が娘の、戦場での評判は耳にしておるのだろう?」

最初に、紅花の評判を知っていると言いだしたのは天佑だ。戦場で血と泥にまみれて死にむきあい続けた烈女とでも言われているのだろう。だが、それでも許希でなくてはならないと言い張るだろうか。

天佑も、ふっと微笑んだ。

「師父がそこまでおっしゃるのであれば、従います」

天佑が許希に拝礼をした。

「それがよい。では、もう一度、解説をしてやってくれ」

「曹《そう》皇后の女官、朱芽衣《しゅめい》が亡くなりました。自殺と思われているのですが、両陛下より、再度検屍するように命じられております」

書簡にあった後宮での検屍とはこのことか。

「なにか、死に不審なところがあるのですか？」

紅花は前のめりで聞いた。獲物を狙う猟犬の心地だ。自分がどうしようもなく胸を高鳴らせていることに気づく。

異常だ、とさえ思う。けれど、これまで戦場で仕事をしてきたみたいに、刺激を求めている。ただの刺激では物足りない。興奮しない。後宮の不審死――とても興味を惹《ひ》かれる。恥ずべきことかもしれないが、それが自分なのだ。変えられない。

幼い頃からどうしてそんな真似をと言われることをやりたくなる性質だった。誰よりも高い木に登ったり、深い川で泳いだり、父の仕事の手伝いを始めたり、武術を習ったり。女の子らしくしなさいとは言われなかった。楽器や書画や裁縫といった嗜《たしな》み事を学ぶようにも言われなかった。女の子らしくするのが嫌だったわけではない。でもそれよりももっと胸が高鳴るのは、緊張感に身を置いたときなだけだ。

今こうしてここにいて、事件に首を突っこもうとしているのも、今までの人生のつみ重ねによるものだ。九曜のことを笑えない。扉のむこう側にいるはずの九曜は、同じように目を輝かせているだろうか。

ちらりと父を見ると、少し驚いたような顔をして、ひとつうなずいた。すべてを察しているのかもしれない。いつだって、「やるからには本気でやりなさい」と応援してくれた。それならば、紅花をとめないはずだ。

「朱芽衣は、我が君が目をかけていた女性で、近々側室に迎えるはずでした。現在、我が国が長きにわたる西夏との戦いに疲弊していることは、あなたもよくご存じのはず。この先戦を続けるべきか、和平を行うべきか――我が君が、和平への方向へ舵《かじ》を切ろうとしていたのには、この女官の進言が関わっているのです。その時期に朱芽衣が自殺するとは思えないと仰せなのです」

「朱芽衣殿は、西夏の血を継いでおられますか？」

紅花の質問に、天佑がすっと目を細めた。

「ええ、よくおわかりだ。西夏貴族の血を継ぐ姫であられましたが、かの地を追われて我が国に流れ着き、賢く、詳しい話ができるために、皇后陛下のみならず我が君からも目をかけられておりました」

西夏の皇帝が即位するまでに、多くの血族の血が流されている。その血縁の姫が宋国を頼りにたどりついたとしても不思議ではない。

そして今日、殺された。いかにも曰《いわ》くありげな話だ。その死になにが隠されているか、まだ紅花には知ることができない。けれど知るための手筈は整えられている。

「私は紅花の友達の、明珠《めいしゅ》娘《ニャンニャン》です！」

扉を勢いよく開けて、誰かが部屋に入ってきた。

何事かと見やって、紅花は息を呑んだ。

青い長裙《ちょうくん》をまとい、化粧をした、天女の如《ごと》く美しい女性がいた。ゆるやかに癖のある黒髪をひとつにまとめ、簪を挿して、髑髏を手にしている。

「紅花、友達もできたのか」

軽やかな声音で明珠娘娘と名乗ったが、紅花にはまったく覚えがない。いったい、何者だ。髑髏真君とよく似ている。髑髏を持っているところも同じだ。妹だろうか。

背後から許希が、嬉しそうに紅花の肩に手を置いた。紅花は知らないと首をふりたくなったが、父親のそんな喜んだ顔など久しぶりに見たので、すぐには否定できなかった。

「明珠娘娘と言えば、この都で変死体の死因を何度も特定してみせた検屍助手ですね」

天佑が顎に手をあてると、明珠娘娘と呼ばれた人物が綺麗な微笑みを浮かべた。

「話は外からお聞きしておりました。その依頼、私が引き受けさせていただきたく存じます。もちろん、紅花も一緒に」

そこで、紅花は気がついた。もしや、明珠娘娘とは、九曜その人のことか。

嘘でしょう！

化粧と衣服はどうしたのだろう。紅花は化粧道具を持たない。ならば、姉の鞠花の部屋から、化粧品と衣服を拝借してきたのか。

「どうだ、紅花？」

許希が問いかけてくる。

そこまでして、謎めいた死体に近づきたいのか。

紅花は内心で呆れるとともに、おもしろくも感じた。だんだんと興奮もしてくる。やっぱりこの男は唯一無二の天才というだけじゃない。前代未聞の変人だ。目を離してなんかいられない。

「一緒で、かまわない、です」

「それではお二人とも、こちらに。外に馬車を用意してあります」

天佑が微笑むと、先んじて歩き始めた。紅花は明珠娘娘が九曜だと確信しながら、小さく声をかけた。

「なんでこんなことになってるの？」

「御薬院の関係者は医学関係者だ。それなら過去に許希の門をくぐった人間は多いはず。だとしたら都に戻ってきて今評判真っ盛りの許希の家を訪ねる可能性は高い。そうしたら、君の父上が仕事を任せることは予測できた。ようやく娘が引きこもりから脱したのだからな。そしてこれからむかう先を考えれば、この姿が最適なんだ」

九曜が可愛らしい声で答えた。紅花は肩をすくめた。

2

医院から乗った馬車は、都市の大通りを走った。道の幅は大きな川ほどある。行きかう人々は大勢いて、混雑しているが、王宮の馬車は御者が声をかけるまでもなく人が勝手によけてくれた。馬車は王宮の門前で停まった。見上げるほど高い塀があり、数えきれないほどの屋根瓦《やねがわら》が見える。

天佑が先に馬車を降りると、手を差し出した。九曜がそっと手を置いて、音もなく地面に降り立つ。紅花は手を置いて、馬車から飛び降りた。

「元気ですね」

天佑が目を細める。褒められていないことくらいわかる。女装した九曜のほうがよほど女性らしいのだろう。だが、天佑は、小間使いだと思っていたらしきときと、許希の娘だとわかったときとではあからさまに態度がちがった。許希の娘だからだという理由で優しくしてくれる男に歩みよってなどやるものか。

「天佑様！　お耳にいれたきことが！」

部下らしき官服姿の男が走ってきた。

「後宮の者の死体を外に出すのは拒《こば》むと言って、朱芽衣は後宮内に戻されました！」

「私がおらぬあいだに、言いなりになったわけか」

天佑の言葉に部下が拝礼をする。

「御薬院の見立てでも、朱芽衣は自殺です。これ以上、調べることなどありましょうか」

部下は、朱芽衣の死を自殺と疑っていないのか。紅花は天佑がどうするかを待った。

「万が一のことがある。だから、許希老師に見ていただくことにしたのだ」

歯切れの悪い物言いに、部下がきょろきょろと頭を動かした。

「いずこにおられますか？」

九曜が楚々《そそ》と前に進み出た。鈴が鳴るような美しい所作だ。

「私どもが、許希老師より仕事を託されました。どうか後宮におつれください、老師のご期待に背くわけにはまいりませぬゆえ」

にっこりと微笑むと、部下が顔を赤くして言葉を失った。

ああ、なるほど、それで女装をしてきたのか。

紅花は納得した。ぺろりと唇を舐める。体に一本大きな柱が通ったような、しゃんとした気持ちになった。

後宮は男子禁制だ。もし女装が発覚したら処刑は免《まぬが》れない。同行していた紅花も連座の罪で、同じように死刑を賜るだろう。

だが、九曜は自分の変化に強い自信があるのだ。その先に隠されている真実を白日の下に晒すためなら、この男は何だってするつもりでいる。死を恐れる気持ちは微塵もない。

おもしろい。紅花は素直にそう思った。自分も負けてはいられない。

「私からもお願いいたします。劉天佑様。どうか、後宮へまいる許可を与えてくださいませ」

天佑が難しい顔をした。

「私はついてゆくことができません。守ってさしあげられない。それでもよいのですね」

「かまいません」

守られたいなんて、思ったことは一度もない。

小さい頃から走るのも喧嘩も勉学も、同じ年頃の男の子と競ってきた。負けず嫌いだという自覚はある。人に守られるより、人を守りたい。幸い、父は変わっていて、『女だから部屋にこもっていろ』などと言う親ではなかった。姉も幼い頃から父に医学を教わっていたし、紅花も人を助けたいと言ったら快く学ばせてくれた。

まもなく、宦官《かんがん》がひとりあらわれた。背丈《せたけ》は紅花と同じくらいで、老いた宦官だ。案内されるままに、後宮に足を踏みいれた。

「紅花」

「なに？」

九曜の手が、紅花の手を握った。なにするのだろうと思ったが、九曜に手を握られるのは慣れたから、好きにさせようと思った。

「今は手が震えていない。戦場で努力していたのも、危険な場所にいるためだ。君は危険が大好きなのだ」

九曜の言葉に、紅花は驚いた。

たしかに後宮は男子禁制で、九曜が男だと知られたら死刑だし、協力した紅花も同罪と見なされて死を賜る。

「危険なんか好きじゃありません！」

「いずれ、わかるさ。行こう」

後宮は、煉瓦《れんが》造りの建物が果てしなく続いていた。道は磚《せん》と石の壁で区切られ、その上を瑠璃色《るりいろ》の瓦が波打つように延々と連なっている。紅花にとっては、本当に足を踏みいれるとは思ってもみなかった場所だ。

緊張する。建物の大きさに、皇帝の力がどれだけ強いのか目のあたりにさせられた。九曜が言ったとおり、九曜の正体が発覚すれば、すぐに死に繋がるのだ。言い訳は聞きいれられないだろう。

女官や宦官に加えて、身分の高そうな女性とすれちがった。髪をひとつにまとめ、簪をたくさん飾って、化粧を施し、青い衣を着ており、大勢の女性を従えていた。

誰しもが、九曜に気づくと目を見開く。女官たちもまたうっとりとした表情をする。

隣の九曜をちらりと見やる。皇帝以外は、去勢した男しか入れない場所を、しれっとした顔をして歩んでいる。

しかも、その麗しい女装姿は、後宮に違和感なくなじんでいる。それどころか、もし皇帝に見られたら、その美しさゆえに、後宮に住むように命じられるのではないかとさえ心配になる。

早く脱出しなくてはならないな。

紅花は宦官を急《せ》かした。家屋の規模は道を進むにつれて小さく、低くなった。

宦官は、後宮の中心地から外れた方角へと進んだ。

後宮の寂《さび》れた場所に、死体安置所があった。だが、肝心の死体がない。

「朱芽衣なら埋葬した。許希でないのなら検屍は断る」

若くて丸みを帯びた体つきの宦官が、紅花たちを追い払う仕草《しぐさ》をした。

「その父から仕事を任されたのです！」

紅花が言い募《つの》るが、宦官は鼻で笑った。

「娘の腕など信用できぬ」

「そんなに急いで埋められたのは、なにかやましいことでもあるからですか？」

「なんだと？」

宦官の目がぎろりと動いた。

「それはこちらの台詞だ、なぜ朱芽衣をわざわざ検屍させねばならぬのだ。見も知らぬ者の目にさらさせるより、早く安らかに眠らせてやったほうが本人も喜ぶに決まっておる。お主たちには人の情というものがないようだな」

「この件は私の一存ではございません」

ひるむ紅花ではない。戦場では、もっと激しい恫喝《どうかつ》を受けた体験もある。

「再検屍をお命じになられたのは両陛下とお聞きしております。でなければ私たちごときが尊き宮殿に足を踏みいれることなどできましょうか。今私たちがここにいるのは陛下のご意向によるものです。そしてあなたはそのご意向に背くとおっしゃる」

宦官がぎょっとした顔をした。

「そ、そのようなことは申しておらぬ！」

「そうですね。臣下の身分で陛下のお心に異を唱えるなど言語道断。聞きちがいだったようですね、失礼いたしました」

紅花はにっこりと笑った。

「それでは、私どもを朱芽衣殿のところへご案内ください。そうでなければ、御薬院の劉殿に、ご遺体はすでに埋葬ずみのため主命を果たせなかったとお伝えします。その先にどうなるかは、ご想像がつきますよね？」

3

霊園の片隅で、宦官が棺《ひつぎ》を掘り起こしている。それを見ながら、紅花は九曜にそっと問いかけた。

「なぜ、なにも言わないで見てたの？」

先刻の推理を披露したときのように、もっと喚いてもよかったのではないか。

「私が言わなくても、君がやった」

九曜に言われて、紅花は虚をつかれた。たしかに、そうだ。九曜と後宮を脱出しなくてはいけないというのもあるが、紅花自身、事件を解決したいと思っている。

久しぶりに感じるひりひりとした感覚も紅花を刺激している。戦場での死と隣りあわせのときもこんな感じを覚えていた。

今朝、家でうずくまっていただけの自分とは、ずいぶん変わった。変えられた、と思う。

「ほら、出たぞ」

宦官が声をかけてきた。紅花と九曜は墓穴の近くによった。紅花は土に膝をついて、棺の蓋《ふた》を開ける。なかには死装束を着た赤髪の女性が横たわっていた。喉元に傷が見えている。

紅花は心を落ちつけた。戦場では、治療が間にあわずに死んでしまった人たちが大勢いた。だが、死後の体を検屍するのは、まだ日常になっていない。

「では、検屍をいたします」

紅花は宣言をすると、芽衣の脈を測り、呼吸がとまっているかたしかめた。次に、瞼を開いて瞳孔に光が照り返すか調べてから、腔内の匂いを嗅ぐ。死臭からして、死後一日以内とわかった。

「自殺と聞いておりますが、なにを使ったのかはわかっているのですか？」

「服を脱がしてみりゃいい。泥酔して、刀身で自分の体を斬ったのさ」

死装束に手をかけて、芽衣を裸にする。すると、遺体の喉元から腹部にかけて、まっすぐに切り傷が走っていた。まさかと思って、傷口に指を這わせる。

手元に影ができた。振り返ると、険しい顔をした九曜が遺体を眺めていた。

「何者かが、女の正面に立ち、喉元から臍にむかって刀を振り下ろした？」

紅花は芽衣の遺体の傷を開いてたしかめる。

「迷いのない線を描いている」

「紅花は、どう思う？」

傷の深さ、斬り口の角度を見たところ、転んで自らを傷つけたにしては不自然だ。

「意図はわからない。だけど、これは自殺じゃない」

「凶器をお見せいただけますか？　殺された現場もたしかめさせてくださいませ」

九曜が宦官にとろりと甘く微笑んだ。宦官は言葉を詰まらせた。

「わ、わかった」

男としての機能を失っても、九曜の美貌には籠絡《ろうらく》されるのか。紅花は馬鹿馬鹿しい気持ちで宦官の背を見ながら、死体安置所を離れた。

宦官の案内で、紅花たちは、大きな門を何回かくぐった。家屋の規模がだんだんと大きく高くなっていく。花が咲く庭園を通り抜けてたどりついたのは、方形の中庭に面した一室だった。中庭には奇岩が置かれ、灯籠《とうろう》が置かれ、池には橋が架けられている。家屋は紅花の家の母屋くらいあって、ひとりで暮らすには充分な広さがあった。

殺害現場はここか。女官とはこんなに贅沢《ぜいたく》な場所に住めるのか。

「朱芽衣は、近々皇帝陛下に召される予定だったため、ひとり部屋が与えられていたんだ。特別の扱いというやつだな」

宦官が、女官に声をかけた。

「御薬院からの遣いで、この二人が朱芽衣の検屍に来ました。そこで、凶器と、殺された現場が見たいというものでして……」

「芽衣は自殺でしょう？」

「いいえ、ちがいます！」

紅花は言いきった。二人の視線が紅花に集まる。

「検屍をしました。何者かが、朱芽衣の正面に立ち、喉元から臍にむかって刀を振り下ろしたのです。他殺にちがいありません。凶器と、この付近に出入りしていた女官や宦官をつれてきてください」

「そんな……いまさら誰が殺したって言うの」

「それをつきとめようというのです。犯人を知りたくはありませんか？」

九曜が告げると、女官は「もちろんよ！」と拳を握った。

「あんないい子が自殺なんてするはずないって思ってたのよ。せっかく陛下の思し召しを賜って、最低でも美人か才人になるはずだったのに！」

「親しい間柄だったのですか？」

紅花の問いかけに、女官が大きくうなずいた。

「ええ、私は芽衣と姉妹のように仲がよかったんだから。待ってて！　今から、見知った人間を集めてくるわ！」

ありがたい。

女官は真剣な顔をして、まわりの女官たちに声をかけ始めた。道案内をしてきた宦官も、同じようにして宦官を集める。

やがて、室内に人々が集められた。最初に声をあげた女官が紅花に布でくるまれているものを渡す。開けてみれば小さな刀が白い光を放っていた。血は拭きとられて清められている。

「ちょうどいい大きさね」

九曜が囁くように言って笑った。たしかに、この大きさなら、たとえば手の小さな女官たちであったとしても握ることができる。

紅花は部屋のなかを見渡した。妓院の一室よりも入念に部屋のなかは整えられていた。血の痕さえ今はもうわからなくなっている。主がいなくなったというだけで、部屋は普段どおりのたたずまいを漂わせている。ここから証拠を見つけることは無理だろう。

「遺体は誰が発見したの？」

九曜の問いかけに、おずおずと女官のひとりが前に出る。

「朝、いつまで経《た》っても起き出してこないので変だと思って、様子を見に来ました。扉を開けると、彼女は仰向けになって、そこの床に倒れていて……」

そこです、と指さす場所は綺麗に清められている。惨劇の跡を見出《みいだ》すことはできない。

「この部屋を片づけたのは誰？」

「私たちです。だって、いつまでも後宮が血で汚れているなんて、許されないもの。ここには皇后陛下がいらっしゃるし、いつ皇帝陛下がおなりになるかもわからないし……」

なんでそんな真似をしてしまうの！　死の現場を消すなんて、愚行でしかない。死を軽んじることは、生をも軽んじることだ。

これが後宮のしきたりなのか、それとも痕跡《こんせき》を消しさりたかったのかは、紅花にはわからない。

紅花は九曜をちらりと見た。後宮に集められた女官たちのあいだにあっても卓越した美貌を煌めかせる相手は、笑みを浮かべて集められた人間を見つめている。観察しているのだ。紅花にはすぐにわかった。わり切りのよい頭脳は物証探しに見切りをつけ、ほかの証拠を見出そうとしている。

星のように輝く瞳が、ひとりひとりを検分していく。

「ねえ紅花。あなた、朱芽衣は殺されたと断じたわね。どんな犯人か、想像はつく？」

紅を引いた唇が綻ぶように動いた。

紅花は軽くこめかみを押さえた。女性の口調で話しかけられて、頭が痛む。散りそうになる気をなんとか抑えながら考える。

「そうね……」

西域の血がそうさせるのだろうか、朱芽衣は女性にしては長身だった。傷口は喉元から臍まで。彼女より背の低い人間の手ではやや不利な位置だ。

紅花も九曜に従って人々を見た。どの女官たちも朱芽衣より背が低い。

「まず、女の手によるものではないと思う」

「ええ」

「あの傷は男によるものだと思う。彼女と同じか、それ以上の背丈であれば問題ない」

「いい見方ね。私も同じ」

そう言って九曜が笑うと、女官たちの安堵の息と宦官たちのうめき声で、部屋の空気はかき乱された。不安と苛立ち、恐れがうっすらと靄《もや》のようにたちこめ始める。

「ねえあなた」

「は、はいっ」

「朱芽衣とは仲がよかったと言っていたけど。彼女、どんな人だったのかしら」

「とても心《しん》の強い子だった」

声をかけられた女官は、きっぱりと言った。

「あの子は、西からこの国にやってきたの。あちらでは戦乱が多くて、家族も兄弟も皆殺されたんだって……。でも彼女は一度も弱音を吐いたりなんかしなかった。いつだって顔をあげて、しゃんとして前をむいていた。めげたりしていると、私が逆に励《はげ》まされたりするくらいに。そうよ、だからあの子が死ぬはずなんかない。ようやく幸せになるかもしれなかったのよ、死ぬのならとうの昔に死んでるはずだわ！　そのくらい辛い目に遭ってきたのに、乗り越えてきたのよ、だから……！」

「もしそんな彼女が殺されそうになったとしたら、どうすると思う？」

「返り討ちにしようとするんじゃないかしら。黙っておとなしく殺されるような子じゃないのもの、絶対に……！」

「そうね」

ありがとう、と涙ぐむ女官に声をかけ、九曜はゆっくりと歩き始めた。

「西方の民は皆気が強い。理不尽を黙って受けいれるような気質ではない」

どこへ行くのでもなく、部屋のなかをゆるりと巡っている。

「体格にも恵まれ、気性も激しい。そんな相手を殺すことは難しい」

部屋のなかにいる全員が、優雅に歩く天女の化身を見つめている。

「いくら男であってもそれは同じ。必ず抵抗される──いえ、されたはず」

九曜と視線が交わった。その瞳は澄んでおり、紅花になにかを訴えているような気がした。九曜が顔を軽く動かす。

私にどうしてほしいの？

紅花は九曜の考えを読もうとした。今、九曜は人の視線を集めて喋っている。ならば、紅花を気にしている人はいないという意味だ。

私は、自由に動ける。

紅花は九曜から目を離した。部屋の様子を見まわす。奥に書画が飾られており、棚には壺などが置かれている。その前には、長椅子がある。黒檀《こくたん》の机があり、丸い器があった。果実などを入れていたのだろう。

「犯人は朱芽衣の正面に立ち、斬りかかった。彼女は逃げるのではなく立ちむかった。もし逃げようとしたのなら、傷はきっと彼女の背中にできていたはず。彼女はそのあたりにあるものを投げたかもしれない。犯人につかみかかったかもしれない。刃物を奪おうとしたか、それとも犯人をねじ伏せようとしたか」

紅花が静かに動き始めたのに気づく者は誰もいない。

「清められてしまったこの部屋には残念ながら、犯人の痕跡はない」

絹のように滑らかな声がこの部屋を支配している。

「けど、彼女の奮闘は犯人の体にきっと痕跡を残したはず」

部屋の誰もが九曜の美貌とその唇から語られる話に集中している。そんななかで動くのは二人だけだった。紅花と、小柄な宦官――。

「今だ、紅花!」

九曜が叫ぶと同時に、紅花は小柄な宦官に飛びついた。

「動かないでください」

部屋から抜け出そうとしていた宦官の腕を、紅花は摑んだ。

「な、なんなんだおまえたちは！」

片腕を後ろ手にねじりあげられ、宦官はどもりながら声をあげた。

「検屍役か医者かは知らないが、放してくれ！　もう茶番はうんざりなんだ、皆だってそう思っている！　おまえたちとちがって私たちは忙しいんだ！」

「では袖をまくってください」

紅花は冷静に応対する。

「両方でなくて結構、右腕だけで充分です。その下手な包帯の巻いてある右腕です」

「なんだと」

「私にはわかります、ご自身で巻かれましたね？　どうして人にやらせなかったんですか？」

「そんなことは私の勝手だ！」

「それは私がお教えしましょう」

九曜がつかつかと歩みよってくる。

「あなたは、どの妃《きさき》に仕えていますか？」

「温凜風《おんりんふう》様だ」

「その凜風様は北狄《ほくてき》を嫌っている」

「そのとおりだ」

宦官は隠しもしなかった。なにも珍しい話ではない。飽きることなく国境を侵し、戦いを続ける西夏を嫌う人間は多い。許家の医院を訪れる患者のなかにも、戦傷に苦しむ者たちはあまたといる。

「ならば、これからも戦争を続けたい」

「間違えないでもらいたい。戦争が続く理由はやつらが我が国に押しよせてくるからだ。やつらがいる限りこの戦いが終わることなどない」

「しかし、今度皇帝の側室になるのは、西夏貴族の血を継ぐ皇后の女官、朱芽衣。芽衣は西夏の情勢に詳しく、両陛下の信頼も厚い。これでは西夏との和平契約が進んでしまうかもしれない。焦りから、芽衣殺害を思いついた。自殺に見せかけて殺してしまいたいと」

「……な、にを？」

包帯を巻いた腕が、あからさまに震えた。

「凜風様に命じられたのでは？　朱芽衣を殺せと！」

「無礼な、温氏を侮辱する気か！　証拠はどこにある！　さっきからおとなしく聞いておれば図々《ずうずう》しいにもほどがある！　これ以上の妄言は許さぬぞ！」

宦官が叫んだ。九曜の顔から笑みが消えた。

「ならば、誰が犯人とでも？　その傷を受けておきながら、いまさら隠し立てができるとでもお思いに？」

「包帯を外してみてください。傷をあらためます。どんな傷か、私には判断することができます」

「口から出まかせを！」

「私は許希の娘、許紅花です。父とともに戦場で長く兵の手当てをしておりました、どのような傷も見慣れております」

その隣から紅花も迫った。

「あなたのその傷がどんなものか、ぜひ私に見せてください。さあ！」

「断る！」

「あなたとあなたの主の潔白を晴らしたいのなら、包帯を外してください。それ以外の方法はありません！」

「そんなことはない！」

宦官の手が横に伸びた。近くにいた女官の簪を抜きとった。

「待って！」

紅花はその手を掴もうとしたが、遅かった。

宦官は、勢いよく簪を喉につき立てた。そのまま、膝から崩れ落ちる。紅花はその体を支えようと膝をついた。

だが、宦官は口から血を吐いて、まもなく息絶えた。

紅花は宦官の身を横たえ、腕に巻かれている包帯を解いた。やはり、爪で抉《えぐ》られた傷がある。

「傷の原因を誰にも話せず、ひとりで包帯を巻いたのだ」

九曜は冷たい目をして宦官を見おろしていた。

なにも言わずとも九曜と意思が伝わったのが不思議だ。でも、いい気分だ。

「二度とも似た殺されかただったね」

「まったく接点のない被害者と、同じ殺害方法。だが、犯人は同一人物ではない」

「殺しかたに流行なんて、ある？」

九曜が顔をしかめた。

「動機や方法など、どうでもいいわ。私は死体に関心があるだけだもの」

九曜が少し遠くを見てから顔を背けたので、紅花はまわりを見た。

こちらを見る目がおかしい。

「あっ！」

紅花は気づいた。

功績を立ててしまった。

4

紅花と九曜が後宮を辞して出ると、天佑が待っていた。

「どうでしたか？」

「朱芽衣は殺されていました。犯人は私と紅花で捕らえました」

九曜が事実だけを告げると、天佑が息を呑んだ。

「よくぞ……そのようなことを成し遂げられた。それも、たったお二人で」

「朱芽衣の死因は誰の目にも明らかでしたから」

「それはお二人が確認されたからこそでしょう。後宮の者たちは誰ひとりとして見抜くことはできなかった」

「後宮の方々は見慣れていなかった、ただそれだけです」

「素晴らしい。さすがは小瘍医と呼ばれるだけはある」

こちらにむけられる天佑の視線が変わっている。これまではただ穏やかなだけだったが、どこかがちがう。その瞳は熱を孕《はら》んでいる。

天佑様は、どうしたのだろう。

紅花が問おうとする前に天佑は歩き始めた。緑色の裾がふわりと風を孕む。

「あなた方の働きぶりはたいしたものでした。きっと両陛下もお喜びになられることでしょう」

「そうであれば嬉しいです」

殿を出て、石畳の上を歩いていく。紅花たち以外にも多くの役人が行き来するが、塵《ちり》ひとつ落ちていない。瑠璃色の瓦が陽を受け、空よりも青く輝いている。

「真実が葬られることがなくて、本当によかった」

死は突然訪れる。まるで背後から飛びかかる敵兵のように、目をつけられれば最後、誰もが喉をかき切られてしまう。思いを残す暇はない。愛しい誰かになにも伝えられないまま、倒れ伏すしかない。

隠されていた朱芽衣の真実が明らかになったとき、朱芽衣と親しかったという女官は声をあげて泣いた。朱芽衣の絶望や無念を受けとめたのだ。これで少しは魂も救われただろうか。

「そうね、紅花。私にかかればたやすいことよ」

紅花の隣で九曜が言い放った。女装していても、自信に満ちた物言いがよく似合う。

「あなた方にはきっと後日、褒賞が下されることでしょう」

楼門をくぐる前に、天佑は言った。

「それだけのご活躍であったのは間違いない。私からも陛下に奏上します」

「そんなことは」

「ご謙遜《けんそん》は無用です、間違いありません。そのときは必ず私がお伝えにまいります」

紅花は言葉に詰まった。褒賞など想像していなかった。九曜の変装を見破られず、無事に後宮を出ることができた。それ以上の僥倖《ぎょうこう》を望むなど罰があたるというものだ。加えて不可解とされていた謎を解くこともできた。それだけでもう充分だ。

紅花はそっと九曜を見た。白い顔はつんと澄ましている。褒美の言葉に心を動かされている様子はなかった。そのことに少し安心する。

「天佑様」

私たちはこれで失礼します。そう言うつもりだった。門のむこう側には馬車がすでに用意されている。仕事も終えた以上、長居は無用だ。

「お待ちください！」

だから、男が駆けてきたときは心臓がとまるかと思った。

「お待ちください、まだ宮殿を出てはなりませぬ！」

紅花は思わず九曜を見た。まさか、変装がばれたのか。紅花は九曜の手を握った。どうする、このまま逃げ出すべきか。少なくとも九曜を見捨ててはいけない。

「どうかなさいましたの？」

緊張する紅花の手を、九曜の手がそっと包んだ。まるで大切なものにするようだった。

にこっと紅花に微笑んだ。瞳は澄んでいて穏やかな表情だ。安心させようとしているのか。焦りが引き、冷静さが戻ってくる。

「女官殿の件については、私どもがご説明しましたどおりのはず。それとも新たな謎が見つかったとか?」

紅を引いた唇が紡ぐ問いかけは柔らかだった。

「いや、……そうではない……そうではないのだ」

男はぜいぜいと喘《あえ》いでいる。太った体は彼が宦官であることを示している。きっと後宮からここまで駆けてきたのだろう。

「そなたらには、今すぐ後宮へ戻ってもらいたい」

「どうして?」

思わず紅花は声をあげた。女官殺害の一件でなければ、呼びとめられる理由がわからない。おのずと体が九曜を庇うように前に出る。

「もしや、私たちの振る舞いになにか無礼がありましたか?」

「そうではないのだ」

はーっ、と大きく息を吐き出してから、ようやく宦官は顔をあげた。汗だらけの額を拭《ぬぐ》ってにっこりと笑う。

「皇后陛下のご命令だ」

「え」

「今回のそなたたちの働きぶりにいたく感心され、直に話を聞きたいと仰せになられた。急げ、お待たせしてはならぬ。至急私についてまいれ」

「そんな……」

紅花は思わず九曜の手を握りしめた。

この国に暮らす者にとって、皇帝と皇后は等しく頂点に立つ者だ。廟に祀《まつ》られている神々のほうがまだ身近な存在と言えるだろう。これまで国のために戦ってきた身であるとしても、その姿を目にした経験はなかった。

父はかつて皇帝陛下に目通りした。病《やまい》を治すために招かれたのだ。たった三回の鍼治療でその身を快癒させたことは今も語り種になっているくらいで、紅花も幼い頃からよく聞かされたものだった。だが、招聘《しょうへい》されたときの心境については聞いたことがない。

あのときの父はなにを思っただろう。

「なにをしておる。急ぐのだ」

晴れがましいという気持ちより先に、恐怖にも似た緊張が強くわき出してくる。

せっかくごまかせていた九曜の変装は、至高の座の前でも通用するだろうか。もし、万が一ばれた場合はどうなるだろうか。とんでもないさわぎになるのは間違いない。そうなった場合、果たして彼を庇うことができるだろうか。

「紅花殿。明珠娘娘」

まいりましょう、と天佑が微笑んだ。

「皇后陛下もお忙しい身の上、拝謁はほんの少しのことでしょう」

「天佑様……」

紅花は天佑を見上げた。

天佑は落ちついた声音で、大丈夫ですよと紅花に請けあう。

「皇后陛下は慈悲深く聡明なおかたです、そんなに恐れることはありません。これはたいへん名誉なことです、ご安心ください」

「そうですね」

紅花の背後で九曜がうなずいた。振り返ると、彼は美しい顔を花のように綻ばせていた。

「天佑様のおっしゃるとおり。これは身に余る光栄よ紅花」

「あのね、あなた……」

「まさかあなた、断るつもり？　皇后様のご命令よ、私たちにそんな非礼な真似はできないわ。さあ行きましょう、直にお言葉を賜るなんて、一生に一度あるかないかの栄誉でしょう」

九曜は自分から前に進み出た。いつの間にか握り返されていた手で引っ張られて、紅花もおのずと前に出ることになる。宦官と天佑もともに歩き始めれば、もうとまれない。

くぐれるはずだった門が遠くなるのを見て、紅花は心細くなった。この先本当に無事に過ごすことができるだろうか。胸にわいて出る不安を誰かに訴えたくなるが、聞いてくれる人は誰もいない。紅花の手を摑んだまま、九曜はずんずんと前にむかっていく。

この男は楽しんでいる。そうと悟って、紅花は顔をしかめたくなった。ひとつ間違えれば命がない状況を楽しんでいる。しかも、人の気も知らずに。

こんな男のことを心配するだなんて、間違っている。

やがて、紅花も結論を出した。自分だけ頭を悩ませているなんて馬鹿馬鹿しい。そもそもこの先にあるのは皇后陛下への拝謁だ。胸をときめかせるのならまだしも、不安で押しつぶされそうになるなんて下らない。

「ああそうだ」

そなた、と後宮へ至る門をくぐる前に、宦官は九曜に声をかけた。

「その髑髏は預からせてもらおう。皇后様へそのようなものをお目にかけることなどあってはならぬ」

そう言われたときの九曜の渋面を見て、紅花はようやく笑うことができた。

5

紅花と九曜が招かれたのは皇后の宮ではなく、築山に囲まれた庭園の一角だった。公式な招聘ではないという意味だ。

楼閣にいる女性に紅花と九曜は膝をついて拝礼した。

紅花は問われるまま、今回の顚末《てんまつ》を説明した。緊張で声が掠《かす》れていないか気になったが、なんとか最後まで話すことができた。隣にいる九曜が無言でいたのだから、少なくとも間違いを口にしてはいまい。

「温氏については、のちに本人と話をすることとしよう」

皇后はゆっくりと呟《つぶや》いた。二人の死を招くこととなった彼女がどうなるかは、紅花たちにはわからない。たとえ皇后の胸中で答えが出ているとしても、語られることはないだろう。もしかすると数日後、密やかに門をくぐる棺があるかもしれないが。

「そなたたちはよく期待に応えてくれた。こうして真実が明らかになったのなら、あの娘の魂がこの世で迷うこともあるまい」

「恐悦至極に存じます」

「畏《かしこ》まらずともよい。そなたたちはそれだけの働きをしたのじゃ」

皇后の脇《わき》に侍していた女官が、恭しく前に進み出た。

「褒美をとらす。受けとるがよい」

捧《ささ》げ持つ盆の上には、玉器が陽光に煌めいていた。紅花には玉環《ぎょっかん》が、九曜には佩玉《はいぎょく》が下賜された。

「明珠娘娘、そなたはこれまでに幾度となく不審死を解決してきたそうだな。劉天佑から聞いたぞ。紅花、そなたは許殿に従い戦場に立ったと聞いておる。我が兵を救った烈女であり、戦場で父を助けた孝女であるともな。将兵からの評判も高いと聞く。今後とも進むべき道を極めるために励むがよい」

「お言葉肝に銘じます」

紅花は叩頭《こうとう》して感謝を述べた。自分に与えられた栄誉が嬉しかった。

皇后の前から下がってからもまだ足取りはおぼつかなかった。

なんだか実感がわかない。

ただ、正しいことをしたのだと思った。

「玉環ね」

その隣を歩く九曜は、まだ明珠娘娘の口調で話しかけてきた。

「さすが王族からの下賜品ともなると別格ね、これひとつで一軍が三ヵ月は養えるんじゃないかしら。それになかなかの意味だわ、あなたにはお似合い」

「どういうこと？」

「また還《かえ》るという意味があるのよ」

どくん、と紅花の胸が鳴った。還る——どこへだろう。以前はそれが戦場だと思っていた。父のように戦いの場に赴き、生死の狭間《はざま》にいる者たちを助けたいと思っていた。それが国のためであり、ひいては民を救う、正義の行いだと考えていた。目の見えない人がいたら手を引いて橋を渡らせてあげる、というようなあたりまえの感覚で戦場にいた。紅花にできることを全力でしてきた。けれど今はどうだろうか。

今はできない。

還るという意味をもらって、苦しい。

そもそも、進むべき道とはなにだろう。どこにあるのだろう。子供の頃は憧れの父親の背を追いかけていた。がむしゃらだった。怪我する前は、父の隣に立てて誇らしかった。戦場で、自分の手で敵を殺し、味方を救う使命に駆られた。

昔とちがって、今の紅花にはわからない。

もしかすると、九曜のそばにいれば、わかるようになるのかもしれない。九曜は紅花の心の内を見通してみせるし、ひりひりとした刺激を与えてもくれる。自分が本当になにをしたいのかがわかるかもしれない。

紅花はぼんやりとしたまま、九曜につれられて後宮の外に出た。天佑が待っていた。

天佑は紅花をじっと見た。やはり見る目がどことなく変わっている。真剣な眼差しだ。

いったい何だろう。

「紅花殿には、婚約者はおられるのですか?」

天佑に問われて、紅花は耳を疑った。

なにを言いだすの、この人は。

婚約者の有無を聞くとはすなわち、求婚する気があるということだ。だが、いったいなぜ。紅花が事件を解決したからか。それならば、隣にいる九曜のほうが美しいし、求婚したくなるものではないだろうか。

なぜ自分なのか。

ああ、もしかして、この男も……。

紅花はひとつ、思いあたるところがあった。九曜になくて、自分にあるもの。

「天佑様は、私の父を尊敬しておられる?」

「ええ、心から」

天佑が優美な微笑みを浮かべた。

やっぱり。ならば、この男も、紅花の父である許希の息子になりたいのだ。許希は昔から、患者にも学生にも男女問わず好かれる人だった。許希の身内になりたいという理由で、求婚されたことなら何度もある。

だが、父親は紅花にその気はあるかと問いかけてくれた。父のそういうところが好きだ。

本来なら婚姻は、娘の父親に申しこみ、了承を得られたら成立となるものだ。娘の意見など問題にならない。だから、天佑がわざわざ紅花に聞いてくるということは、紅花の意思を尊重しているのだろう。そんな男はめったにいない。紅花の気持ちをまず考えてくれたのは天佑がはじめてだった。そういうところは父に似ている。邪険にはできない。

「婚約者はおりません」

紅花は内心の動揺を押し隠して、淡々と言った。それから、結婚するつもりもないと言おうとした。だが先んじて天佑が声を発した。

「でしたら――」

「劉天佑殿は妓楼《ぎろう》通いを好まれるようですし、すでに三人の女性がおられますよね」

九曜が話にわりこんできた。

この男も、なにを言いだすんだ。

「明珠娘娘？　あなたはなにをいきなり」

天佑が九曜を不機嫌そうな顔で見おろした。

「それ以外にも、あなた様のおいでを待ち焦《こ》がれる妓女は数知れぬとか。桃李《とうり》花咲く娼《しょう》家《か》でどのような詩が読まれているか、聞いておりましてよ。麗しい始まりでございましたね」

「そのような言葉をうら若き乙女の前で口にしてはなりませぬ！」

天佑が九曜を必死で窘める。

きっと、九曜の言葉が本当なのね。

動揺したのが馬鹿みたいだ。

「なるほど。大勢の女性を好まれるのでしたら、私のような小娘では物足りぬでしょう」

「そのようなことをおっしゃらないでください。あなたはこの都であっても唯一無二の存在です、今回の件で確信しました」

天佑は真剣な眼差しで言い募る。

「そのような戯言でからかわないでください」

「いえ、真実です。私はこの目で見たことを信じぬような愚か者ではありません。あなたのようなかたははじめてだ」

天佑は引き下がらない。

「これからは、あなただけにします。ともに生きていく人と出会ったら、そのかただけを愛そうと決めてきました」

「今は考えられません」

天佑は微笑んだ。自信に満ちあふれた表情をしていた。

「その気持ちを、必ずや変えてみせます」

面倒なことになった。

第四章

主演女優の死

1

なんだか、天佑と距離をとってしまう。

気にしないでいればいいのにと思えば思うほど、紅花は天佑を意識した。王宮から通りへと出る門までの距離がとてつもなく長くなっている気がする。

ちらりと天佑の顔を見る。整った横顔をしている。けれど、さっきまでと表情がちがう。口元が微笑んでいるように見える。

「どうしました？」

目があってしまった。視線が合いやすくなっている。綺麗な目だ。引きこまれてしまいそうで、紅花は慌ててそらした。

「あなたが振りむくまで待ちますよ」

優しい声だ。耳に心地よい。

今日は色んなことがありすぎる。昨日まで一刻経つのを待つのがどれだけ苦痛だったかを思うと、今日は驚くほどまたたく間に時が過ぎていく。

九曜にしても、天佑にしても出会ったばかりとは思えないほど、紅花のなかで存在が大きくなっている。

「ねぇ」

九曜が紅花の手をとった。歩くのを速める。

紅花は速足で九曜についていく。

ほっと息をついて、前を見つめる。門前には馬車があった。

あれに乗れば天佑様と離れられる。

時間をおいたら、天佑は早々に諦めるはずだ。今は物珍しさで小娘に興味を持っただけだ。女性に好まれる人のようだから、いずれ別の女性に気がむくだろう。

問題なのは、九曜がなんだか不機嫌なことだ。色恋沙汰《ざた》が嫌いなのかもしれない。九曜の気持ちもわかる。紅花も色事は苦手だ。恋愛感情で行動を決めるのは危ういとしか思えない。

両親は見合いで結婚したし、姉の鞠花も幼い頃からの許嫁《いいなずけ》がいる。両親は円満に見えるし、鞠花も許嫁と仲がよい。儒教の教えがあるこの世で、恋愛は物語のなかだけのものだ。自分には関係がない話だと思ってきた。

王宮を出ると、九曜が天佑から髑髏を受けとった。

「馬車は結構です。紅花とともにむかう先がありますので、舟でゆきます」

にっこりとした微笑みはたいへん美しくて、有無を言わさぬ迫力があった。用があるとははじめて聞いたが、九曜には考えがあるのだろう。紅花は黙っていた。

九曜と紅花は橋のそばにむかった。天佑もついてくる。見送りだろう。

「私は、許希老師のもとに報告にまいります。その前にお二人とも、昼食をとられていないですよね。よろしければご馳走《ちそう》させてはいただけないでしょうか？」

昼食か。すっかり忘れていた。緊張でそれどころではなかった。

宮殿に来る前に食べた甘味がまだ腹に残っている。だが、九曜はどうだろう。紅花は隣の九曜を眺めた。捜査中は食べないと言っていたが、そんな真似をしていたら倒れるのではないか。ここで、食事をとらせたほうがよいか。九曜ではなく、麗しい美少女の明珠娘娘に変身しているうちなら、天佑の手前食べる気がした。

「私たちは――」

「ぜひご一緒させてください、天佑様」

九曜が唇を開いたが、紅花は遮った。どうせ断ろうとしたにちがいない。そうはいかない。

「よかった。ではまいりましょう」

にこっと微笑んで天佑が舟を呼びとめた。

天佑に続いて、紅花は舟に乗った。九曜は難しい顔をして川岸に立っている。

「明珠娘娘、まいりましょう？」

手を差し伸べると、「まったく……」と九曜が呟いて、紅花の手に手を重ねた。

九曜が乗りこむと、天佑が船頭に店の名を告げた。聞き覚えのない店だ。だが、天佑が案内するのだから、変なところではないだろう。

「私たち小娘をつれていくのに、いささか高級すぎやしませんか」

「明珠娘娘はご存じですか。お二人の功績にふさわしいところをと思いました。それに、私は今官服を着ていますから、その辺で立ち食いというわけにはまいりません。お好みでなければ、別の店にしましょう」

「いえ……かまいません。紅花が緊張して、食が進まないのではないかと思ったまで」

「個室ですから、作法など気にせずくつろいでください」

ね、と優しく微笑まれて、紅花は緊張した。どんな店につれていかれるのだろう。

舟は王宮近くの市場にむかい、三階建ての料理屋の前で停まった。天佑が慣れた様子で店に入っていく。紅花と九曜も後に続いた。

「突然で悪いね。劉天佑だ。大事な人たちをつれていてね、融通してもらいたい」

天佑が店員に名を告げる。店員は少しお待ちくださいと奥に引っこんでいった。紅花が見つめていると、天佑が振り返って微笑んだ。

「ここは私のような官服を着た者がよく使う店でね。口が堅くて、味がよいんだ」

「劉様。お待たせいたしました。お部屋のご用意ができました」

店主らしき男性がやってきた。頭の白い老爺《ろうや》だ。細身で小柄だが、朗らかな微笑みは明るく、活気が感じられる。

「ありがとう。助かるよ」

どうぞと店主の案内で、紅花たちは料理屋の三階にむかった。三階の個室に通される。円卓が置かれていた。紅花たちは椅子に座った。

「食事はなにをご用意いたしましょう」

「そうだね。お二人とも、苦手な食材はありますか？」

「いいえ」

九曜が答えた。

「私も、何でも食べられます」

「よかった。では、任せることにする。楽しませてほしい」

「わかりました」

老爺は微笑んで部屋を出ていった。

天佑と九曜と紅花だけになって、紅花はやっとほっとした。

いったいなにが出てくるのだろう。楽しませてほしいなんていう注文を、紅花ははじめて聞いた。天佑はずいぶんと手慣れている。

こんな大人の男の人が、私に求婚するなんて。

信じられない。今でも聞き間違いのように思える。

視線を感じて顔をあげると、天佑が慈愛に満ちた顔で紅花を見ていた。どきんと胸が跳ねる。大切なものを見ているような瞳だ。そんな瞳でみられるような価値など自分にはない。そう言いたいのに、言葉が出てこない。

「賭《か》けをしませんか？」

九曜の声に、紅花は我に返った。

「なにを賭けたいと言われるのです？」

天佑の問いかけに、九曜が唇を袖で覆った。

「昼食です。なんの料理が出てくるかあてませんか？」

「ふむ。待っている時間がありますからね。そういう余興もよいでしょう」

紅花は慌てて席から立ちあがった。

「待ってください！　私は料理の種類を知りません。このようなお店で出るものなんて、わかるわけがないです」

「それなら、私と劉様でやりましょう。紅花は見ていらっしゃい」

「いいですよ。なにを賭けますか？」

「私は佩玉を賭けます。そして、私が勝ったら、求婚はやめていただきたいわ」

「ちょっと！　佩玉って、なにを言ってるの！」

皇后から直々に賜ったものを、賭けに使うなんてとんでもない。

「ええ、そのような賭けはできません。とくに、求婚を諦めろなどというのはね」

「なぜです？　勝てばよいではありませんか」

「私は本気なのです。遊戯《ゆうぎ》とはちがう。……あなたは、私が求婚することに反対なのですね」

「遊ばれているだけですもの。友達を守ろうとするのは当然でしょう？」

九曜が天佑を睨みつけた。天佑はその視線を真面目《まじめ》な顔で受けとめる。

「遊んでなどいません」

「今までと毛色がちがいますものね。でも、すぐに飽きてお捨てになるわ」

「私は、この人と決めた女性を、生涯愛しぬくつもりです」

「人は老いますしね」

「老いも分かちあいたい。皺のよった手を重ねて、ともに余生を過ごしたいです」

「二人とも、もういいです！」

紅花はたまらず声をあげた。

「食事の用意ができました」

扉のむこうから声がかかった。天佑が九曜に視線をむけたまま、「入ってくれ」と言った。

店員たちが、湯《タン》（スープ）の入った銅鍋と肉がのった皿、野菜、たれの小皿、水餃子《すいギョーザ》の碗《わん》を机に並べた。

撥霞拱《はっかきょう》（兎肉《うさぎにく》のしゃぶしゃぶ）かな。

店員の運んできた皿を眺めると、想像を越えて肉の鮮やかさがちがっていた。

「羊肉の火鍋です」

店員がにこやかに皿を置いて、去っていった。

羊は兎よりも高価だ。紅花もめったに食べられない。

「羊料理でしたね。さぁ、食べましょう。食べないのですか？　先にいただいてしまいますよ！」

紅花は睨みあう二人に声をかけたが、二人は紅花を見ない。せっかくの食事にも見むきもしない。

しかたのない男たち！

勝手にしてなさい。もういいわ。

紅花は箸《はし》をとると、羊肉を摘まんで銅鍋の湯のなかにくぐらせた。透き通った湯のなかには、芋と茸《きのこ》が浮かんでいる。漂ってくる香りがよい。銅鍋の底部分には炭火がいれられており、湯を熱している。

肉はすぐに色を変えた。紅花はたれの小皿を手にとって、そこに肉をつけてから、ぱくんと口にいれた。

じゅわっと肉のうまみが広がり、たれと絡みあった。

「んー、おいしい！」

思わずこぼすと、二人の視線が紅花に集まった。紅花を見た途端、天佑は目を見開き、九曜は苦々しい顔になった。

「ほら、二人とも、食べましょう？」

紅花はさらに肉を湯に浸《つ》けて、たれにからめて口に放りこんだ。

「ああ、なんておいしいの！　私、はじめて食べました！」

顔が自然とゆるんでしまう。

「愛らしい笑顔だ……」

「え？」

「あなたはそんなふうに笑うんですね」

天佑が笑った。まぶしい微笑みだった。なんだか気恥ずかしかった。

「わ、私だって、笑うときは笑います！　ほら、明珠娘娘も食べて。あなた朝からずっと食べていないでしょう？」

九曜のために肉を湯に通してから、たれの小皿にのせて渡す。九曜は嫌そうな顔を浮かべたが、美しい所作で箸をとり、小皿を受けとった。そっと肉を口に含む。

「どう？　おいしいでしょう？」

「そうね。よいお味。いい羊を使っているわ」

九曜が箸を置いた。

「もっと食べなさいよ」

「もう充分」

「そんなわけないでしょう！」

紅花は再び九曜のために肉を湯に通した。

まったく、世話がやける。

ちらりと天佑を見る。天佑も姿勢よく、綺麗な箸遣いで羊肉を食べている。

紅花の視線に気づいて、天佑が微笑んだ。

「また来ましょう。あなたと色々なものを食べてみたい」

天佑の言葉に、紅花は首を振った。

「いえ、そうされる理由がありませんから」

「私がそうしたいからというのは、理由になりませんか？」

紅花は返事に困った。気持ちは嬉しいが、そこに甘えるのはよくないと思える。

「未婚の男女が二人で食事なんて、許されることではないわ」

九曜の言葉に、紅花もうなずいた。

「今はそういうことにしておきましょう」

天佑が微笑んだ。

食事を終えて、料理屋を出た。川岸にむかう。

「それでは、ここでお別れですね、天佑様」

九曜が舟を呼びとめた。船頭が女装した九曜の容姿にうっとりとしている。髑髏を持っていることは気にならないようだ。

九曜は自分がどんな目で見られているかなどどうでもよい様子で、

「先述の書簡の主のもとにむかいましょう」

と紅花に呼びかけた。

妓院から出るときに、九曜のもとに匿名の人物からの依頼書が届いた。依頼書には、蛍火の暗殺を頼んだ者を知っているという内容と、後宮の死体を検屍すれば依頼者の名を明かすという約束が記されていた。

後宮の死体は検屍した。犯人も捕らえた。

あとは、蛍火の殺しを依頼した人物を見つけるだけだ。

どこにも署名は記されていなかったけれど、依頼書の送り主が誰か九曜はわかっているのか。

そう告げたら、九曜は当然だという気がしたので、うなずいて舟に乗りこんだ。

「それでは、失礼します。天佑様」

「ええ、またいずれお会いしましょう」

「はい。いずれ」

紅花は微笑んだ。

舟はだんだんと王宮という街の中心地から離れていく。賑やかで、人通りが多いのは変わらないが、道幅が狭くなり、家々の大きさも小さくなっていく。

たどりついたのは、葬儀屋だった。繁盛しているようで、店は大きく、提灯や花輪といった飾りがたくさん置いてあった。

紅花の脳裏に、気持ちの悪い男の顔が浮かんだ。

「これまでの事件にはおかしなことがある」

「おかしなことって?」

「朱芽衣と蛍火、二人とも同じような殺されかたをしている」

たしかにそうだ。見立てたのは紅花だ。

似ているってもんじゃない。

胸や腹を一刺しといった殺しかたではなくて、自殺と間違えそうなやりかたでちがう人間が一致するというのはまずありえない。同一犯人による連続犯ではなかったのも不思議だ。

九曜はすたすたと葬儀屋のなかに入っていく。紅花も後を追った。

「やぁ、待ってたよ」

白雲が店の奥からあらわれた。

「筆跡から、書簡の主はおまえだと推理していた。何者かが、蛍火にしたのと同じように、朱芽衣の正面に立ち、喉元から臍にむかって刀を振り下ろしたのか？ これが偶然とは言わないよな、白雲。悪趣味だな」

九曜が白雲を睨みつけた。

筆跡をどこで見たのだろう。検屍現場で書簡を見る機会があったのかもしれない。

白雲は、きょとんと小首を傾げる。

「悪趣味って、どうして？ 傷の深さ、斬り口の角度を見たところ、転んで自らを傷つけたにしては不自然なんだよね。なにより、迷いのない線を描いている。たぶん、何者かが、正面から小刀を振り下ろしたんじゃないかって。紅花は、どう思う？」

白雲の物言いは、紅花が蛍火の検屍で話したとおりだ。

わざと苛立たせようとしているのか。

なんだこの男は。やっぱり不快だ。

「何者かに、殺された。蛍火と同じように」

紅花の答えに、白雲が「わぁ」と朗らかな声をあげた。

「蛍火と朱芽衣が同じ死因なんて、実におもしろいよね！　楽しんでもらえた？」

「楽しめた。礼を言おう」

「もちろん、蛍火を殺した犯人も、教えてあげるよ。でも、九曜なら疑うはずだよね。だから、答えあわせをしよう！」

「弟の空蟬だ」

九曜はきっぱりと明言した。

弟が姉を殺したの？

紅花には根拠が、まったくわからなかった。

九曜の表情は当然という様子で迷いがない。

紅花は実家の医院の方角を見た。自分には姉がいるが、優しい人だ。懸命に患者を救おうとしている。どう考えたって姉を殺そうとは思えないが、空蟬はどうして姉である蛍火を殺したのだろう。

「本当に、空蟬で間違いないの？　考え直させてあげてもいいよ」

白雲が半歩退いて肩を引き、九曜の表情をじっくり舐めるように眺める。

どこか九曜の正気を疑うような白《しら》けた瞳をしながらも、白雲は獲物を前にした獣のように唇をゆがめている。

今すぐここを離れよう、と言いたい気持ちになった。

だが、同時に、九曜の正しさを信じてもいる。

「空蟬だ。間違いない。殺しの手順だけ学んで、姉を殺したんだ」

さらなる断言に、白雲の瞳が煌めいた。

「正解だ、さすが九曜！　今ね、この開封にはたくさんの幇《ほう》（秘密結社）がある。そのひとつが、宋と西夏との戦いを続けさせて戦争で利益を得るため、『事故や自殺に見せかける他殺の方法』を安価に教えているんだよ。蛍火を身請けしようとしたのは、宋の高官の息子であり、蛍火は姉弟とも西夏の出だった。西夏の出である蛍火は宋国との和平を望んでおり、身請けする高官に和平の気運が高まると懸念されたんだね！」

「犯人は、空蟬のほかには考えられない」

「そう。幇のひとりが小銭を受けとって、殺害方法を教えてあげた！　蛍火は、そのとおりの殺害方法で殺された。でも、素人の犯行だから失態を犯した！　馬鹿だよねぇ！　髑髏真君は見逃さなかった！」

「そうだ。無能なやつらは、いつだって真実が見えていない。蛍火殺しも、紅花が真犯人だと思っている」

九曜の言葉に、紅花は耳を疑った。

思いがけず、自分の名が挙げられた。しかし、想定外の単語と結びついていて、少しも意味がわからなかった。頭のなかに大嵐が巻き起こって、まともな思考ができなかった。

真犯人だと言われても、まったく身に覚えがない。まるで、深い穴に急に落ちた心地だ。

紅花は低くうめいた。

「どうした、紅花？」

「私が真犯人と思われてるとは、どういうこと？」

「紅花は、検屍官にも判断できなかった死因を言いあてた。どうしてわかったか？　根拠は、紅花こそが犯人だからだ。第三者に罪を着せようとしていると嫌疑がかけられている」

九曜が滑らかに話をする。

紅花は額を押さえた。釘《くぎ》を打ちつけられるような頭痛がする。

「嫌疑って、いつかけられたの？」

落ちつけ、落ちつけと自分に言い聞かせる。震えそうになる声をなんとか抑えながら、九曜に問いかけた。

「今頃かな？　空蟬に買収された検屍助手や役人連中が、故入人罪（故意に人に罪を加重すること）で紅花を捕らえ、賞金をせしめて、九曜と紅花を除こうと決めちゃった！」

答えをよこしたのは白雲だった。悪戯を笑顔でごまかす子供のような笑顔に、心の底から殴ってやりたいと思った。

「故人人罪ね、はじめて聞いたわ！　私が犯人なら、自殺と見なされていた死因を、他殺であるなんて指摘するはずない！　どうして、私に、疑いがかかるの！」

紅花が声を荒らげると、九曜が肩をすくめた。

「君が、こつぜんと姿を消したからだ。やましいところがあるから逃げた、とね。腐った官吏どもは、首さえ斬り落とせれば誰が犯人であろうと関係ないのさ。ましてや、ぼくに同調して仕事を増やした君を、怠惰な官吏は目障《めざわ》りに感じている。しかし、好機だよ、紅花。おかげで、犯人も気を抜くぞ。いよいよ楽しくなってきた！」

「なにが楽しいの！　知っていたのね、私が後宮で検屍しているうちに、真犯人の疑いがかけられると！　だから、わざわざ女装してまで、後宮につれ出した！」

「予想はしていた。けれど、この窮地において、君を助けられるのは、ぼくだけだな」

自らの先見が的中したと、九曜は心から楽しげだ。

紅花は九曜を殴りかけたが、力を使うのも惜しいと拳を下ろした。握りしめた手の内で、爪を立てる。

信じられない。人の人生を何だと思っているのか。煮えくり返った怒りが破裂した。

「助けてくれと縋《すが》ればいいわけ？　絶対に嫌、あなたとは、もう二度と関わりたくない！」

紅花は葬儀屋を飛び出した。

髑髏だけを友人と呼び、世間から髑髏真君と嫌われる九曜は、間違いなく素晴らしい観察眼の持ち主だ。常人離れした聡明な思考で紅花を驚かせ、熱狂させる。

闇のなかで、行き先もわからずたたずんでいた紅花にとって、九曜の推理は、星のように煌めいた。

だが、主治医にならないかと誘われたときに、答えを先延ばしにしていて、本当によかった。

こんな男とやっていけるわけない！

九曜の精神は幼く、人の機微がわからない。傲慢で、他人の気持ちを知ろうという誠意の欠片もない。

一緒にいればおもしろいときもあるだろう。きっと、刺激のある日々は送れる。

だが、都合のよい道具として利用されるのは、嫌だった。

「紅花！　なにを怒っている？」

速い足音が、紅花を追いかけてくる。

困惑の声に感じるが、きっと紅花の勝手な願いなのだろう。紅花は振り返らず、歩調もゆるめはしなかった。

「あなたには、人の気持ちがわからないのね！」

家に帰ろう。王宮を出たとき、天佑と一緒に帰ればよかった。

「なにが悪い？　君を捕まえさせたりはしないと言っている。罪状が確定する前に、犯人を捜そう。遅れたら、死刑は確定だぞ！」

九曜が背後で喚いている。

紅花は振り返った。

九曜が「どうだ」と言わんばかりの自信に満ちた笑顔を浮かべている。苛立ちしかわいてこない。

「あなたをどうして信じられる！　死刑にされるのは私なのよ、最低！」

思いっきり感情をぶつけると、九曜が根拠もなく叩かれた嬰児のような顔をした。けれど、すぐに老成した目つきになり、眉根に深い皺を作った。

「ぼくは善人じゃないし、君の理想どおりには振る舞えない。でも、君を死なせたりはしない！」

悲鳴のような叫び声に頰を張られた。紅花は足をとめた。

九曜は同年代だが、心は幼いのだ。

九曜が泣き叫ぶように、望まれても応えられないと訴える。それは紅花とて同じだ。

紅花は額を押さえてうめいた。

聡明な九曜が人のために、才能を世のために生かせば、きっと素晴らしいだろう。大勢の人が助けられ、世のなかが少しでもよくなるのではないかと思った。

だが、九曜は望んでいない。

紅花も同じだ。あてにされても肝心なときに役に立てない。指が震えて動かないから、人を助けることができなくなってしまった。

まるで、お互い手負いの獣だ。

思うように生きようとするだけで軋轢《あつれき》を生んでしまう九曜と、思うように生きる術を失った私。私たちは傷を負い、こうして互いに吠えている。

ああ、まったく、お互いに生きるのが下手すぎる。

「私は、本当に、捕まらないのね？」

たしかめるために、ゆっくりと、力をこめて問いかける。

「当然だ。犯人は空蟬なんだからな！」

九曜に腕を摑まれた。そのまま引きずられるようにして葬儀屋に戻った。

「服を貸せ」

九曜が白雲に迫ると、ふふっと白雲が笑った。

「その姿も似合ってるのに」

「黙れ！」

さっさとしろと九曜が告げると、

「うん、どっちの君も好きだよぉ。奥を好きに使ってくれてかまわない」

白雲が楽しげに目を細めた。

九曜が店の奥に消えると、白雲が紅花にゆっくり近づいてきた。

「ずいぶんと仲よしになったみたいだねぇ」

「そんなんじゃありません」

「命を救うって言わせたじゃないか」

「勝手にそう言っただけ！」

「信じてないの？」

紅花は沈黙した。

信じたいと思っている。それを素直に白雲に言っては馬鹿にされそうで嫌だった。

それに、九曜は自分の楽しみのためなら、紅花の命も差し出しかねない。

まだ出会って半日だ。九曜に魅せられていると自覚しているが、本当にいいのかと心の声が囁く。

白雲は、紅花の表情をじっと見ていた。

「後宮でさ、噂を聞かなかった？　昔、西の国から来たお姫様が、同じような殺されかたをしたって」

お姫様の話？

紅花は顔をあげた。

「聞きませんでした」

白雲がくしゃっと表情をゆがめる。笑っているようで、泣きそうで、怒っているような、複雑な表情だ。

「あは。本当に皆、忘れてしまったんだなぁ。役人たちは相変わらず事なかれ主義だ。我が国に対する忠誠も揺らぐねぇ」

そう思わないかい？　と白雲に問われた気がした。

紅花が犯人にされたという話が本当ならば、たしかに役人たちの捜査はあまりにもひどいものだ。

「そいつの言葉に耳を傾けるな！　耳が腐って落ちるぞ！」

「九曜！　ああ、早かったね」

「なんの話をしていた？」

「御伽噺《おとぎばなし》だよ」

「おまえには聞いていない！」

九曜が白雲を睨みつけてから、紅花を見つめる。

「役人の不正について、かな」

「ああ、検屍によって殺害・致死を究明できない場合には、検屍官に対する刑罰は非常に厳しいんだ。石英の慌てる姿を見ただろう？」

「検屍官に対する刑罰って、どんな内容なの？」

「よくて鞭打ち、悪くて免官だ。検屍に過ちがあった場合、自己申告をしても免罪は適用されない。だから、誤った判断は覆されずに、冤罪《えんざい》で大勢が死んでいる」

紅花はじっと九曜を見た。

「だけど、君には、ぼくがいる」

九曜がきっぱりと言いきった。

美しい瞳は澄んでいる。まっすぐに紅花を見つめている。

初対面から衝撃的な人だった。今までの常識が覆される思いがした。振り回されてばかりだ。

けれど、戦地から帰ってから今日が一番、生きているという感じがするし、笑うことを思い出した。陽の光を浴びるのさえ久しぶりだったのに、息をつく間もなく走り回っている。

紅花はうなずいた。

朝までは実家のお荷物だったのに、今は自分の容疑を晴らすために逃亡者になる。でも、不思議と焦躁感《しょうそうかん》はなかった。

2

夕陽《ゆうひ》に染まった高家の門前で、九曜と紅花は馬車から降りた。高家の屋敷《やしき》は王宮まわりの一等地にあった。幅の広い街路には、丹桂《たんけい》（金木犀《きんもくせい》）が整然と植えられ、円《まろ》やかな甘い香りに満ちている。官僚がこぞって住みたがる高級住宅街だ。

紅花は、九曜が開封府の検屍に関われる根拠を、おぼろげながら察した。九曜の庇護者《ひごしゃ》は、かなりの有力者だ。

しかし、同時に疑問もわいた。

振る舞いも、装いも、九曜は官僚区の住民にふさわしい。黙ってさえいれば、良家の子息に見える。

だが、内面は、あまりにも激烈だ。誰もが関わらないほうがよいと言う。いったい、どういう育ちかたをすれば、髑髏真君と呼ばれるようになるのだろうか。

「支度《したく》を整えるぞ」

九曜が紅花に目配せをした。紅花は軽くうなずいた。休息を取っている暇は一切ない。すぐに、空蟬を捜しに出かけなければならない。

「若様、離れで石英殿がお待ちですよ。なんでも、家宅捜索をなさるとか」

門番の呼びかけに、九曜がびくっと体を震わせた。弾《はじ》かれたように、離れにむかって駆けだす。

開封府は、紅花に殺人容疑をかけている。紅花をつれ出した九曜を調べに来たにちがいない。

ならば、許家の医院にまで捜査が及ぶのか。ちらりと門を振り仰いだ。

家に帰るべきだろうか。

いや、戻ったとしても、なにもできずに捕まるだけだ。

急いで九曜を追った。

池を中心に、広大な庭園が南北に広がっていた。池を囲んで、城壁の回廊が続いている。回廊には漏窓《ろうそう》が造られ、美しい岸辺の情景を眺められた。

回廊はゆるやかに曲がっており、壁に丸く穴を穿《うが》った洞門が近づくと、むこう側の景色がわずかに見える。切りとられた情景が、次の庭の美しさを、いっそう予見させた。

石畳を家老の背中について歩むと、次第に周囲は林園へと変わった。築山《つきやま》のゆるやかな坂道を登る。

緑の香りと、柔らかな光、少し冷たい風が木々を揺らして、心地よい音色を奏《かな》でている。開封の中枢《ちゅうすう》とは思えない静寂さだ。美しく品があり、自然と融合している。世俗から離れた世界が広がっていた。

高家には、賑やかな開封において、これだけの静けさがある場所が造れる財力があるのか。

気持ちのよい場所だが、紅花は仙界に迷いこんだような、不思議な気持ちになった。

林園の奥にある離れの前で九曜が歩みをとめた。二部屋しかないが、広い離れだ。

「出ていけ、今すぐに！」

離れの扉を開け放ち、九曜が叫んだ。

部屋では数人の捜査員が、九曜の部屋を乱雑に掻き回していた。

「髑髏真君が事件を起こしたと告げたら、あっさりと通されたぞ。よほど信用がないのだな。憂慮せずとも目的は紅花だ。素直に渡すなら出ていくさ」

椅子に腰かけた石英が片眉をひょいとあげて、人の悪い笑みを浮かべた。

九曜がじろっと石英を睨んで、叩きつけるように怒鳴った。

「紅花は、犯人じゃない！」

石英が卓子《テーブル》を殴った。

「従わないなら、家宅捜索は続行だ。俺は、務めを果たしたいだけだ。とり調べを受けろ！」

最後の命令は紅花にむけられた。

紅花を犯人だと誤認するような開封の役人たちに素直に従ったところで、誤解が解けるとは思えない。かといって、石英の指示を聞かなければ、疑いはいっそう深まるはずだ。

対応に迷う紅花の隣で、九曜が、にやっと笑った。

「なるほど、紅花を疑う者は金豚か。金の大好きな豚に、誰かが餌《えさ》を与えたな。いつものように拷問して、自白を強要する気か？　だが、紅花は意志が強い。偽りを認めはしないぞ」

「試してみなくてはわからぬであろう？」

石英は動じず、九曜と睨みあった。

「試さずとも、事実は明白だ！」

「ならば試そう。家宅捜索しているあいだに、どれほどの禁制品が見つかるだろうな？」

どういう意味かと、そっと九曜を見る。

すると、怒りに顔を赤く染めた九曜が盛大に舌打ちをした。

「保証人には、叔父がなる」

「今すぐには無理だろう？」

「御薬院勤めの劉天佑ならどうだ。紅花の保証人になるぞ。今頃は、紅花の実家にいる！」

石英が目を見開いて、紅花を見た。それから、「たしかめてこい」と部下に命じた。

天佑殿が本当に保証人になってくださるのだろうか。

命がかかっているので、頼めるのならばと紅花は願った。

「それじゃあ、猶予を要求する」

「もし、劉天佑殿が保証人になるのであれば、一日なら許可してやる」

九曜がうなずいたので、紅花は焦った。猶予にしては、短すぎる。

「関係者の居所は、わかっているな。今すぐに空蟬から話が聞きたい。どこでなにをしている？」

九曜が早口で石英に問いかけた。

どうして一日で納得したのか。私の人生が懸かっているのだぞと、問い詰めてやりたい。なのに、口を挟む隙が欠片もない。

「開封市場の勾欄《こうらん》（劇場）だ。端役《はやく》を演じている。今頃は、舞台の上だな。……空蟬を疑っているのか？」

「紅花、観劇にむかうぞ！　ああ、いけない、準備が必要だったな！」

九曜がくるっと紅花を振り返り、腕を摑んで離れを飛び出した。石英の呼びとめを聞かず、中庭を横切り、母屋の一室に飛びこむ。棚から衣類を漁《あさ》る。男物の衣服だ。ここも九曜の部屋なのか。

九曜が、男衣を押しつけてきた。

「兄の服だ。着替えろ。ぼくも着る」

言い終わる前に、九曜がさっさと脱衣し始めた。

いちおう私は女なのに！

紅花の脳裏をたくさんの言葉が飛《と》び交《か》った。二度、口を開けては、閉じて、唇をしっかりと合わせる。

紅花は渡された衣服を、じっと見おろした。

戦場では、男女の差など問題にしている場合ではない。それは、紅花が常々思っていたことだ。

「犯人に会うのだから、危険を避けるために男装しろと？」

「ちがう。観劇の常識だぞ。今の姿では、みすぼらしいと勾欄を追い出されかねない。兄の服が我が家では一番上等なのだ」

呆然《ぼうぜん》とした。まさか、九曜に常識を諭されるとは。

けれど、言われてみれば指摘は正しいと思えた。焦躁をぐっとこらえる。九曜に背をむけて、手早く着替える。

「空蝉の居所はわかった。けれど、人を殺したかと聞いても、犯人が素直に告白するとは思えないわ」

「紅花、弓は得意だな？」

男の装いを着こなした九曜が、矢筒を紅花に差し出した。

着替えが手早い。上辺を偽り飾ることに慣れている。

紅花は着慣れない上質な布地に、心地よさと落ちつかなさを覚えながら、矢筒をしっかりと見て襟を整えた。

「手が震える前のこと」

衣服を整え終えると、九曜が矢筒を振った。言葉にされなくてもわかる。受けとれという意思表示だ。

だが、紅花は手を伸ばさなかった。受けとったところで、肝心なときにうまく射ることができずに、自分に失望するのはもうこりごりだ。これ以上、情けない自分を知りたくない。

「君の右手は、君を裏切らない」

鋭い眼光が紅花を射貫こうとする。

紅花は九曜の目をそらさずに、しっかりと受けとめた。

「簡単に言わないで。何度も裏切られているんだから！　空蟬を武器で脅して、自白させようって？」

紅花は右手で思いきり卓を殴った。なんでこんな手になってしまったのだろう。腹が立ってしかたがない。

九曜が軽く首を振って、矢筒を肩にかけた。紅花の頑《かたく》なさに折れたというよりは、押し問答の時間を惜しいと判断したにちがいない。

大宋帝国の首都である開封で、なに不自由なく育てられる良家の子息を、紅花は九曜のほかに知らない。けれど、九曜が別格だとは容易に想像がついた。でなければ、異性と背中合わせで着替えなどは断固しない。

「頭を使えよ、紅花。空蟬について、君とぼくが知っている知識に差はないぞ。推理してみろ」

とん、と九曜が額を指でついた。

無理だと言いかけた。けれど、あっさり降伏するのも、なんだか嫌だった。

「そうね、空蟬は姉と妓院で育っていた。それなら建物の構造も熟知していた？」

「ほう、よい推理だ。続けて」

軽くうなずき、九曜が目尻をゆるめた。

暗闇のなかを、摺《す》り足《あし》で前に進むような心地だ。今のところ、考えかたは間違っていないのだと安堵をして、促《うなが》されるままに空蟬の行動を考える。

自分ならば、どう動くだろうか、幼い頃から過ごした場所であれば、きっと目を閉じていても歩けるほどに慣れていたはずだ。

もしかしたら、大人の知らない抜け穴すら知っていたかもしれない。

「妓院に忍びこみ、姉の部屋に入り、殺して、こっそり出ていった」

「ちがうちがう！　誰にも見つからずに、なんて、ありえない！」

九曜の叫びに、紅花は首の後ろを撫でた。

紅花もまた、ありえないとは思っている。殺害当日、妓院には大勢の護衛が警備を行っていた。

とはいえ、犯人は誰にも気づかれずに、蛍火の部屋に侵入して、殺人を犯して消えた。

「ならば、見つからなかったのではなく、気づかれなかったという考えはどう？　妓院の警備は増加されていたようだけど、護衛はよせ集めだったはず。空蟬は役者、護衛に扮《ふん》していたとすれば」

「無理だよ！　空蟬には、武芸の心得がない。そもそも、誰かを演じるような振る舞いなど、できないのだからな。役者とは名ばかりの男だ！」

思いがけない言葉に、紅花は眉をひそめた。

「演技力のない役者が、舞台に立てるものなの？」

九曜の瞳が輝いた。まるで、紅花の質問を待っていたかのような様子だ。

「姉が死んだのに、喪にも服さず、舞台に立つ男だぞ！　熱心な芸人だからではない。役者になって、三年と五ヵ月。演技する者として未熟であり、姉のような美貌もないから、日々の糧《かて》に困っている。さあ、どうだ！　君の推理を続けてくれ。空蟬は、どうやって侵入した？」

長台詞を淀《よど》みなく、熱く披露した九曜は、どんな役者の名演技よりも紅花を高ぶらせた。

臓腑のあたりに熱が生まれる。唇を舌で舐めて、思考を巡らす。

「そうね、妓院内部に知りあいがいて、手引きをした。そうしたら、変装する必要がない」

「共犯はいない。君の推理は、すべて誤りだ！　だが、すこぶるおもしろいよ。核心を器用に迂回《うかい》するところが、大いに笑える」

喉を震わせてから、九曜が唇の端《はし》を持ちあげた。

紅花は舌打ちをして、拳を握った。

「楽しんでもらえてなにより。よかったら一発殴らせてもらえる？」

腹立ち紛れに投げやりに答えれば、九曜が、はっと目を見開いた。

「待て、紅花！　この部屋で、ひとつ贈ると言われたら、なにを望む？」

雷に撃たれたかのように体を跳ねさせると、九曜は両腕を広げて紅花を見上げた。

紅花は、ちらりと部屋を眺めた。だが、小馬鹿にされた直後に笑顔で受け答えをしてやる気はなかった。

聞かなかったふりをして部屋を出ようとする。

けれど、九曜に「答えろ！」と腕を摑まれた。

「ご機嫌とりのつもり？　物なんかで買収されたりはしません」

「誰が、君に贈ると言った？」

澄んだ瞳であっさりと問い返された。

物などまったく欲しくなかった。

しかし、九曜の殊勝な態度を心待ちにしていた自分が恥ずかしくなって、ぶっきらぼうに答えた。

「硯かな。端渓《たんけい》ね」

机の上に、紫を基調にした石に彫刻を施した美しい硯が置かれている。淡い緑色の斑点《はんてん》がある。値段など想像ができないほど高価なはずだ。

「実用品を選ぶところが、君らしいな」

硯を鷲掴《わしづか》むと、手近な布で包んだ。乱雑な扱いに、紅花はちょっと不安になった。

「服を着てから言うのも遅いだろうけど、あなたのお兄様に怒られたりはしない？」

「兄は、大きな権力でぼくの行動を制限する！　動くのが嫌いで、人を動かすのが得意な冷徹な男だよ。端渓なんぞに執着はしない。だが、激昂《げきこう》するなら、ぜひとも見たいね」

なかなか癖のある兄のようだが、兄弟の仲に口出しをする気はない。紅花は肩をすくめた。

門の前では天佑が待っていた。

「お待ちしていました」

傍らには馬車が停まっている。後部座席には石英が座っていた。

「保証人になってくださったのですね」

この場にいるのは、紅花を助けようとしにきてくれた証しだ。父の娘だからという理由でそこまでしてくれるものなのか。熱いものがこみあげてきて、うまく微笑めなかった。

天佑が真面目な顔をしてうなずいた。

「あなたの窮地とあらば、駆けつけますよ」

「ありがとうございます。……父上たちは？」

「心配しておられますよ」

また心配をかけてしまっている。紅花は唇を噛んだ。

天佑が穏やかな眼差しをむけた。

「身の潔白を晴らしましょう」

「やぁ、天佑殿。話は明珠娘娘から聞いている。ぼくは高九曜だ。紅花の潔白を晴らすのはこのぼくだ。そして、石英、なんでおまえがここにいる」

九曜が問いかけると、

「天佑殿のお許しが出た」

石英がふんと鼻を鳴らして答えた。

「天佑殿に縋りついたか。紅花を追っても無意味だというのに。まったく愚かだな。紅花、行くぞ」

九曜が馬車に乗りこもうとした。

「おい、おい、弓を持っていくつもりか?」

「紅花には必要なんでね」

「まぁ、夜の捜査だ。男装も弓も、女子供がお守り代わりに持つならよしとするか」

石英の寛容は、紅花を侮っているがゆえだ。

九曜は黙って馬車に弓矢をつんで、自らも馬車に乗った。

天佑が手を差し伸べる。紅花は、不要だと言いたい気持ちを押し殺した。その辺のか弱い存在のように自分を扱わないでほしいと思ったが、今は天佑の助けで動ける身だ、支えられているのは間違いない。だから素直に、天佑の手をとった。

3

開封の歓楽街。中心地から少し離れた小勾欄で、紅花は九曜と馬車から降りた。

「行くぞ、石英! 天佑殿、馬車を預けるぞ! 文官に武術は、からきしだろう」

「そうだね。だが、力だけなら君たちに勝る。万が一の盾にもなれる」

「無理はするな！　弓でも持っていれば強そうには見えるだろう！　外で待っていろ！」

九曜が天佑に矢筒と硯を渡して、勾欄に入った。天佑が驚いた顔をした。紅花も「渡すのか」と思わず呟きながら後に続いた。

ここで、犯人の空蟬を見つけるのだ。

いくつかの円卓に見物衆が座り、舞台上を見つめていた。九曜、紅花、石英の順で着席する。小間使いが茶を運んできた。舞台を見るということは、終わるまでなにもしないのだろうか。

すでに演目は終盤を迎えていた。

花形役者の演武は勇ましく、舞台が狭く映る。白粉《おしろい》に紅を用いた女優はどこか儚《はかな》げで、嗚咽《おえつ》をこらえる演技には、つい手を差し伸べたくなった。

突然、脇腹に肘鉄を食らった。九曜だ。

上演中なので怒鳴るわけにもいかない。

なにをするのだと睨みつけると、九曜が鼻先を石英にむけた。

石英もまた舞台に魅入っている。顎をわずかにあげて、幻影でも見ているかのような恍惚の表情だ。

どこか切なささえ感じさせる瞳は、役者の演技に心を重ねているからだろう。情緒《じょうちょ》の豊かな男だ。

大宋帝国の首都である開封の役者は、たとえ狭い舞台に立っているといえども、人の心を摑むのがうまい。

九曜が音を立てずに席を立った。

紅花も気配を殺して席を外す。九曜が茶運びの小間使いに小銭を手渡して、耳になにやら囁いた。

他人に聞かれたくない話か。とくに石英には知られてはならない類に決まっている。どうせ碌《ろく》な内容ではない。

知りたいような、知りたくないような気がした。

しかし、九曜についていけば、いずれ強引に巻きこまれる。

小間使いは慣れた様子でうなずいて、九曜と紅花を桟敷の支配人のもとに案内した。

桟敷からは、舞台の様子が上からすべて見られた。支配人の特等席か。

酒杯を傾ける支配人が、振り返るよりも早く、九曜が切り出した。

「気に入った役者がいる。一晩、借り受けたい」

支配人は振り返ると、九曜を見て目を見開いた。赤ら顔にいやらしい笑みを浮かべる。

下品さを感じさせるゆがんだ笑みに、九曜の告げた「一晩」という言葉が、支配人に色事を想像させたのだ。

いったいなにを言いだすのかと、さりげなく九曜を見る。ところが、当人は、けろりとしている。もしや、九曜は言葉どおりに人を借りたいだけなのか。

「寝台では、まだ母親と眠る年頃だろう」

ふんと鼻を鳴らした支配人は、若い九曜を侮っていた。けれど、役者を貸し出し、借り主と寝台で寝かせる行為については、まったく動じていなかった。

役者と夜を過ごしたいと望む者は、珍しくないのだろう。斡旋《あっせん》すら、頻繁にしている気配だ。

「母は死んだ。だから、代わりを探しに来た」

支配人の邪揄《やゆ》に気づいていないのか。色事などに関心のなさそうな九曜は、懐から財布をとり出した。途端に、支配人がわずかに姿勢を正す。

「気に入った女優がいたか？」

「空蝉という役者を」

支配人が舞台を見た。

舞台の端に青年がいる。

外見は、役者としては、並みだ。演技はお世辞にもうまいとは言えないし、端役だ。役者としての経験も短いのだから、演技力を望むほうが酷だろう。

しかし、蠱惑《こわく》がないわけではない。たとえるなら、紅葉のような男だ。役者として、人気が出ない根拠を、紅花は何となくではあるが、わかった気がした。

真紅に染まった葉は、人目を惹きつける。だが、紅葉はすなわち、枝から落ちる寸前の朽ち葉だ。

風雨に痛めつけられた紅葉には儚さよりも痛々しさを覚えるように、まだ二十代の始めと思しき空蟬にも、盛りを過ぎたような寂寥《せきりょう》があった。

手を差し伸べるよりも、思わず目をそらして、素通りしてしまいたくなる。

「南風趣味（男色）なら、主役の男がお勧めだぞ。値は張るがな」

小首を傾げてから、九曜が切なげに瞼を伏せた。

「金銭の問題ではない。本当は、蛍火に会う予定だったのだ。母に似ているという噂を、以前から聞いていたから。だが、蛍火も……。もう、機会は失いたくない。会いたいんだ、母に」

九曜が財布から銭をとり出した。

支配人が一度、わざとらしく瞬きをした。九曜はもうひとつ、銭を追加した。支配人は、銭を握った。契約は成立したと見える。

素晴らしく冴えたやりかただと、紅花は内心で九曜に拍手を送った。これで、勾欄から逃がさずに、空蟬と会える。

勾欄支配人の命令に、役者は逆《さか》らい辛い。ましてや、端役だ。たとえ、客を拒むとしても、支配人の顔を立てるために、一度は姿を見せるだろう。

「楽屋で待っていろ。だが、空蝉に女の役は難しいぞ。やつは、すっかり男に成長しちまった。昔はそりゃあ、女の装いをした空蝉は、どんな女よりも美しかったが、すべては過去の栄光だ」

どうしようもなく変わってしまった。時間は巻き戻せない。今を生きるほかない。わかっているが、感情はうまくいうことを聞かない。紅花にも覚えのある気持ちだ。

九曜が犯人だと目する空蝉が、蛍火を殺したのなら許されない。けれど、空蝉が置かれていた焦躁感、絶望感は紅花にもわかる。それは沼のようなものだ。足をとられて、沈みこみ、もがいても這いあがれずに落ちていく。

4

桟敷を出ると、小間使いに楽屋まで案内された。

煌びやかな衣装があふれそうなくらいに収められた木箱が並び、傍らには喜怒哀楽《きどあいらく》を模《も》した仮面に剣や槍《やり》といった模造武器が用意されている。

むかい側の壁に、大きめの化粧台が置かれていた。

化粧台の前に置かれた椅子の数から、数人で使う大部屋だとわかる。衣装道具と楽屋を兼ねているので、どうしても雑多で手狭な印象を受けた。

案内の小間使いが両手で一気に二脚の椅子を引きずり、紅花と九曜の前に置いた。九曜が軽くうなずくと、黙って拝礼をして出ていった。

慣れた小間使いの態度に、いったい何人目の客なのだろうかと、つい考える。なんだか口のなかに苦味が走った。

小間使いの足音が聞こえなくなってから、紅花は九曜の袖を軽く引っ張った。

「支配人の話しぶりだと、この勾欄は売春をとりしきっている。空蟬もきっと、遊女たちのように……」

部屋の外を人が通っても話を聞かれないように、そっと声をひそめた。

言いたくない話だが、九曜が気づいていないのなら伝えねばならない。良家の子息が知れば、眉をひそめて気分を害する類の話だが、髑髏真君は普通の青年ですらない。しかも、今は九曜の推理に紅花の人生が懸かっている。

「当然だ。姉は、妓女だぞ。空蟬も幼い頃は、女の装いで暮らし、妓院で客をとっていた。女のように振る舞えと育てられ、白粉に紅を用いて化粧を施し、針仕事もこなしたはずだ。だが、男娼《だんしょう》は、商売のできる年齢が限られている。そうだな、君が男なら……男娼の黄金期というところだな」

あたりまえの話だと肯定されたうえに、男色について丁寧に講釈までされた。紅花は内心で諦めの境地に達した。

相手は髑髏真君だ。相手の気持ちを察してくれと願うほうが愚かだと頭ではわかっている。だが、男娼の黄金期と教えられても、どうしろというのだ。言いかたからすれば、もし紅花が男なら、男娼としてそれなりにやっていけそうな物言いだ。

「できれば一生の仕事がいい。男娼じゃ、商売のできる年齢が限られているもの」

軽く冗談で受け流せば、九曜が深くうなずいた。

「男娼にふさわしい年頃は、およそ十二から十七歳までだ。十八を過ぎると軽んじられ、二十を過ぎて客を引いていると嘲笑《ちょうしょう》の対象になる。身請けもされずに適齢期を過ぎれば、嫌でも別の道を探さなくてはならない。対して、妓女の適齢期は十四から二十五と、男の二倍ある」

「だから、空蟬は別の道に、役者を選んだのね」

まったく、男娼の知識を、九曜はどこで仕入れてきたのか。開封都の風俗事情についても、紅花などより、よほど知識が豊富のようだ。

ならば、はじめから勾欄でなにが行われているかすっかり知ったうえで、支配人に誤解させるような言葉をあえて選んだにちがいない。男を買うよりも、母親代わりを求める青年だと、支配人に思わせたかった。

どういう意図があったのかまでは、わからないが。

「女を演じられなくなったから妓院を出て、男娼を続けるために勾欄に移ったのだよ。追い詰められると人間は、無意識にでも、慣れた行動を選ぶからな」

「空蟬には、自らを売り物とする生きかたしか選べなかったのね……」

紅花は空蟬の境遇に思いを馳せた。男娼は、長く続けられる仕事ではないと、妓院育ちの空蟬なら、誰よりもよく見知っていたはずだ。

けれど、空蟬は男娼になるために勾欄に身を置いた。自分だけは老いないと思っていたのか、追い詰められた選択かは、わからない。

「豪商や士人のあいだでは、美少年の下僕や役者を置くのが一種の権力の象徴だ。空蟬は役者としての大成より、身請けを望んでいるのかもしれない」

役者として舞台に立てば、多くの観衆に見られる。妓院を出ねばならない空蟬にとって、勾欄での出会いこそが最後の望みだったのか。

「姉の蛍火は、金持ちに身請けされる直前で殺された。殺害の動機は嫉妬《しっと》とか」

「動機なんぞに関心は一切ない。知りたいなら、君が勝手に考えろ」

苛立ちか、九曜が強く床を蹴《け》った。関心のない事柄には、いささかであっても煩わされたくないと見える。

九曜の言葉には驚かなかった。

だが、動機がわかれば、犯人の逮捕に役立つはずだ。

紅花の明日が懸かっている。九曜にとってはどうでもよいものかもしれないが、言われたとおりに殺人を犯したわけを考えてみようと心に決めた。

「代わりに、あなたは、空蟬が犯人である証拠を探すというわけね。空蟬は誰がどう見ても男、かつての美少女と見紛う少年なら、妓院に忍びこんでも目立たないかもしれないけれど」

「単純だな、紅花」

まったく隠さない呆れ顔に、九曜の眉間を指で押してやる。

「これも間違い？　けどね九曜、私には、殺人容疑がかかってるの」

焦らないはずがないだろうと、九曜を軽くねめつける。

「空蟬には高い金を支払った。一晩、楽しませてもらおう」

九曜が楽しげに言いながら扉を見る。

まもなく空蟬があらわれた。

「どちらが今夜の客だ。それとも、二人か？」

紅花と九曜を眺める。優美な仕草は、見ていて心地がよい。値踏みされているとわかっていても、少しも不愉快に感じなかった。

「ぼくです。趙延命様に、あなたの話を聞いて、どうしてもお会いしたくなりました」

金豚と侮蔑《ぶべつ》した趙延命の名を、九曜が恭しく口にした。

九曜らしからぬ殊勝な物言いが、あまりにおぞましくて、背筋がぞっと震えた。

澄んだ瞳には誠意が宿り、人好きのする上品な微笑みは美しい。頰をほんのり桃色に染めながらも空蟬に拝礼する姿は、修練された貴族の美青年そのものだった。

「どうして俺を選んだ。見目の麗しいやつなら、ほかにもたくさんいるだろうに」

空蟬がわずかに目をすがめる。言葉はどこかつき放していたが、その目は九曜をじっくり値踏みしており、微笑みは、どこか満足げだ。

九曜の演じる裕福な好青年に求められ、自尊心が擽《くすぐ》られたのか。

「実は、気になる相手が、男ばかりで、自分の気持ちをたしかめたいのです。開封随一の美女と謳われた蛍火にも会いに行きましたが……綺麗だったけど、無理でした。でも、弟がいると知り、男ならと思ったのです。ぼくにとっては、あなたのほうが必要かもしれない。だから、たしかめたいのです」

哀れみを感じさせる声音と決意を滲《にじ》ませる瞳には、力を貸してやりたいと思わず手を差し伸べたくなる魅力があった。

今までに見た覚えのない九曜の一面に、紅花は激しく困惑した。今すぐに冷水を頭から浴びたくなった。

だが、焦躁を空蟬に気づかれては不味《まず》い。楽屋を観察する振りをして、九曜と空蟬から、さりげなく顔を背けた。

「親方から聞いた理由とちがうな」

「あなただけに本当のことを言おうと思いました」

「私と閨《ねや》をともにすれば、自分の本当の望みがわかるかもしれぬ、と?」

もしも空蟬が不穏な動きを見せれば、すぐに動けるように警戒しつつ、しっかりと耳を澄ませる。九曜は空蟬から、殺人を犯した証拠を手にいれようとするはずだ。

楽屋が戦場に変わるかもしれない。模造武器とはいえ、脅威にはなる。

模造武器を背中で隠すように、立ち位置を変えた。空蟬のほうが年上だが、紅花には体術の心得もある。九曜と二人がかりであれば、必ず空蟬を捕らえられる。

ふっと、腰のあたりに、ゆるやかな風が流れた。九曜が動いた。足音が聞こえる方角を見た。

驚きに、変な声を出しそうになって、紅花は思わず口を押さえた。

九曜の体は、空蟬の腕のなかにあった。

殺人犯かもしれない男にあっさりと近づき、あまつさえ身を委《ゆだ》ねるところに、紅花の背中を震えが走った。

「離れるんだ、九曜!」

思わず声をかけると、九曜と空蟬が同時に紅花を見た。

しかし、まるで紅花に見せつけるかのように、空蟬が強く九曜を抱きしめた。耳元に唇が触れるくらいに近づけて、そっとなにかを囁いた。

目を細めて、九曜が嬉しそうに笑った。まるで、恋する青年だ。いや、本当に、空蟬に恋をしているように見えた。

ありえないと、頭ではわかっている。なのに、もしかしたらという疑惑の思いがわきあがってくる。

殺人犯かもしれない男と九曜の睦《むつ》みあいに、とてつもない悪夢を見ている気持ちになった。

でも、ここは、蛍火殺害の証拠を得るためだ。空蟬が一瞬でも不穏な態度を見せたら飛びかかれるように、模造武器に意識をむける。

「今すぐ馬車から贈り物をとってこい」

端的な指示に、紅花は意図を探ろうと九曜の表情を眺めた。

九曜は真剣な瞳をしていた。なにか深い考えがあるのだと、紅花は己に言い聞かせた。

舌打ちをこらえて楽屋を出る。扉が悲鳴をあげたが、振り返らずに廊下を走った。

通りすがる役者や小間使いたちが驚いているが、九曜が殺人犯かもしれない男の腕に収まっているのだと思うと、気にもならなかった。

広間には大勢の観客たちが、役者を囲んで談笑していた。紅花は人のあいだをすり抜けて、外に飛び出した。

勾欄の外には、主を待つ馬車が粛々《しゅくしゅく》と並んでいる。

急いで天佑がいる馬車を探す。馬車はすぐに見つかった。小銭を握らせたと見えて、勾欄のすぐ脇に停車していた。

幸いだと、紅花は天佑が乗る馬車に駆けよった。なにか言いかけた笑顔の天佑に、先んじて軽くうなずいてから座席に手を伸ばす。

矢筒と、布に包まれた硬い硯が指先に触れる。馬車の縁に摑まって、端渓の硯を引っ摑むと、わけを問われた。

「急いでおりますので、また後で」

「私は、あなたの保証人です。説明を」

天佑の眼差しには、嘘偽りを嫌うというような真剣さがあった。紅花はきゅっと唇を結んだ。

「犯人と思しき男が見つかりました。その男に近づくために端渓を渡すんです」

「空蟬という名の役者ですね。石英から聞きました。石英はなにをしているのですか？

紅花小姐《お嬢さん》に危険な真似をさせるとは。私が代わりに行きましょう。馬車で待っていてください」

「いいえ、私が行かないと。今、犯人だと断じるための証拠を得ようとしてるんです」

「どうやってですか？」

「それは九曜が……とにかく急いでいるんです！」

紅花は天佑に背をむけて、一目散に勾欄に戻った。

じわりと、全身に汗が滲む。どうか無事でいてくれよと願いながら、二人して衣服を脱ぎあっていたらどうしようかとも思った。

憂鬱《ゆううつ》な想像を振り払って、紅花は楽屋の扉を開け放った。

楽屋には、誰もいなかった。

5

九曜たちが衣装や小物の棚の陰に隠れてはいないかと手早くたしかめてから、紅花は楽屋を飛び出した。

動悸が激しくなっている。楽屋に血痕はなかったが、安心はできない。九曜と空蟬は、どこにいるのか。

勾欄内を散策しているだけかもしれないし、別の場所につれ去られたのかもしれない。黙って消えたのだから、後者の危険が高い。いかに武術の心得があるといえども、空蟬も男だ、力は九曜より上だろう。加えて、地の利は空蟬にある。有無を言わさず、九曜をつれ去れる。

九曜の名を呼びたい焦躁をこらえた。勾欄の誰が敵で味方かわからない。なにが起きているのか。全力で走りながらも、じっくり考える。

紅花が楽屋から出ていって、九曜と空蟬は二人きりでなにかを話したはずだ。結果、九曜と空蟬は二人して消えた。九曜の意志か、空蟬の思惑《おもわく》か、それとも、第三者が二人を攫ったという事態も考えられる。

すでに、場内に残る人は少なくなっていた。観客の多くが帰路につこうと、勾欄を出ていく。

紅花は舌打ちをした。闇雲に駆け回ったところで、九曜と空蟬が見つかるとは思えなかった。

けれど、走る以外になにができるだろうか。

きっと九曜に見られれば徒労だと馬鹿にされる。それでも無事でいるなら、憂慮させたなと叱りつけた後で、好きなだけ馬鹿にされてやってもいい。

玄関前で、きょろきょろと顔を動かす石英を見つけた。

「どこに行ってたんだ、捜したんだぞ！」

紅花は、すぐに石英の両脇を識認した。九曜の姿はない。

「九曜の姿が見えないのです！」

石英が苦虫を嚙み潰したような表情になった。

どうやら石英も、九曜の姿を見ていない。

汗がぶわりと噴き出てきた。

紅花は、天佑が待つ馬車に戻った。だが、馬車にも九曜はいなかった。

「九曜殿はご一緒ではないのですか？」

「九曜は消えました。きっと、空蟬と一緒だと思われます」

少し言いかたの厳しい天佑は、さっきのやりとりで気分を害したと見える。紅花は気にしなかった。それよりも九曜が心配だ。

犯人だと疑っていると、空蟬に感づかれたか。最悪の場合、口封じが行われる。すでに殺人を犯しているのだ。犯人なら躊躇わない。

生きててよ。

ぎゅっと強く瞼を閉じてから開いた。

空蟬が殺人犯かもしれないという一点が、紅花を不安にさせた。

「気になさらんでください。髑髏真君はひとりで動くのが好きなんです。むしろ空蟬のほうがどうにかなっちまうんじゃないですかね。あいつの遠慮のない口撃に、泣かされる男は多いからな」

石英のあまりの楽観視に、紅花は眦を吊りあげた。

「空蟬が容疑者であることをお忘れですか？」

「疑ってるのはおまえたちだけだ。俺たちは、紅花が犯人だと思っているんだからな」

「私は犯人ではありませんし、あの九曜が空蟬を疑っているんですよ！　不測の事態が起きていたら、もはや死んでいるかもしれません！　それなのに！」

拳をぎゅっと握りしめて、姿の見えない九曜を睨んだ。

九曜は、石英の言うとおりひとりでいるのが好きなのだ。誰かの力を頼りにするような性格ではない。紅花だけでなく、きっと誰も信用していない。

「それでは、紅花小姐が潔白であるという証拠はまだ得られていないのですよね」

ふぅと息を吐いて、天佑が困り顔を浮かべた。

紅花は親指の爪を噛んだ。

「そうです、天佑様」

「九曜殿がなにを考えて行動しているかわかりますか？」

「きっと九曜は、空蟬が犯人である証拠を得るために姿を消しました」

「一日のうちに犯人を捕縛して戻ってくるでしょうか？」

「それは……」

そうあってほしいが、九曜のことだから、夢中になったら時間を忘れてしまいそうだ。

紅花のことを思い出してほしいが、そう願うのは難しいだろう。

「あなたの命がかかっているのですよ？」

「……もしかして、死を恐れていないの？」

「なんの話ですか？」

「あ、……九曜です。彼はあまりにも骸《むくろ》の謎解きが好きだから、楽しみのためなら自分の死さえ恐れないのかと」

「そうだ、やつはそういう性格だ！」

石英が請けあった。

だが、いくら聡明な九曜とて完全ではないはずだ。

ひとりでも問題ないと見過ごして、九曜が死体となって帰ってきたら、紅花はきっと後悔する。救えたはずの命を助けなかったと、自分を責める。ましてや、九曜はすでに見ず知らずの相手ではない。

「紅花、髑髏真君の心など普通の人間にはわからぬ。考えるだけ徒労だぞ」

九曜もまた、他者に共感してほしいなどと微塵も願っていない。

だからこそ、紅花は苛立った。類まれなる観察眼を持ちながら、憂慮せずにはいられない紅花の気持ちなど、九曜はわかっていない。たとえ気づいていたとしても、それがなにかと謎解きを楽しんでいる。

蛍火の死因を証明したいから、殺人犯の腕のなかで微笑んだ。

痛みや苦しみ、死の予感は、九曜にとって抑止力にならない。誰にもとめられないし、誰のためでも、とまらない。

紅花はひとつ舌打ちをして腕を組んだ。

それにしても、九曜は空蟬と、どこに消えたのか。

九曜は空蟬の一晩を買った。空蟬は、九曜を気前のよい客だと思ったはずだ。一夜を過ごすなら、屋根のある場所にむかう。

酒楼（宿）とは、考え難《にく》い。紅花を置き去りにしたのだから、九曜は空蟬と、完全に二人きりになりたかった、と考えるのが妥当だ。

ならば、個人の屋敷だ。九曜の離れか、空蟬の自宅だ。一度で正解を引きあてなければ、九曜の身が危うい。

「石英殿、猶予は明日のお約束です。天佑様、あなたは私の保証人ですよね？」

「ええ、そうですよ」

「私を助けたいと思ってくださっている？」

「そうでなければ、ここにはいません」

真面目な顔をしていた。天佑は紅花の窮地に駆けつけてくれた。今は、真実を語っているように聞こえる。

心配して忠告をくれるし、自信を持たせて不安をとり除こうとしてくれた。

この人は私の味方だ。

「では、私は九曜を捜します。もう少しそばで見ていてください」

紅花は「必ず戻ります」と告げて、勾欄に駆け戻った。呼びとめる石英の声は無視した。

紅花は支配人に詰めよった。

「空蟬の自宅はどこだ？」

「客の相手は外でさせている。だが、どこでかまでは知らねぇ」

渋《しぶ》る支配人の瞳が賄賂《わいろ》を要求しているが、紅花はゆっくり首を振った。

「よく聞け、ぼくは護衛だ。ご子息は身分が高い。掠り傷ひとつでもついたら、とんでもない事態になるぞ。小さな勾欄ぐらい、簡単におとり潰しだ！　さっさと空蟬の自宅を言え！」

九曜に対する憤りごと怒鳴りつけると、支配人はさっと顔色を変えた。

汗が浮かんだ額を見つめながら、こんなにも猛《たけ》るのは久しぶりだと、唇を舌先で舐めた。

紅花は石英と天佑が待つ馬車に乗りこむと、「空蟬の自宅にむかってください」と告げた。

「紅花、諦めろ」

石英が紅花の肩を叩こうとして、寸前でやめた。男装していても、紅花が女子だからだ。本心では、もう紅花が逃げないように牢獄《ろうごく》にでもいれて監視したいにちがいない。

このままなにもしないでいたら、紅花も犯罪者の汚名を着せられて処刑される。

紅花はぐっと唇を噛みしめてから、石英と天佑を見つめた。

「身の潔白を晴らすためには、空蟬が犯人だという証拠が必要です。九曜はそれを探しにむかったはず。でも、危険な殺人者と一緒にいる。なにが起こるかわからない。殺されてしまうかも……。そんなのは嫌です。九曜を捜さないと。九曜のためにも、私のためにも！」

「空蟬の家へ行ってみましょう。石英、私が同行するのだ。文句はあるまい？」

「石英殿、どうか力を貸してください」

紅花が深々と拝礼をすると、石英が「しかたがないな」と苦々しい顔をして、御者に馬車を出すように命じた。

最終章　幻の美女

1

夕やけは、闇に屈服しかかっていた。

馬車は、城内の主要輸送路である塩橋《えんきょう》運河沿いに北を目指した。

塩橋運河には、数えきれないほどの舟が行きかっている。大勢の人を乗せた移動用の舟や、籠細工や絹糸に泥つきの蔬菜《そさい》（野菜）などを運搬する舟、炭や煉瓦をつみこんで今にも沈みそうな危なっかしい舟もあった。

焦りに苛《さいな》まれる紅花は、運河を憎らしく思った。

碁盤目状に整理された都市とはいえ、運河が幾筋も流れる開封では、何度も太鼓橋を渡らねばならない。とくに、開封の中心部ほど区域が細分されており橋の数が多かった。

石英と天佑の傍らで、紅花はなにひとつできない。ただ、空蟬とともに消えた九曜の無事を願って座っているしかなかった。

時刻も悪い。橋詰では夕市が立っており、天秤棒《てんびんぼう》で荷を担ぐ人々が行く手を阻《はば》んだ。人がようやくすれちがえるような、狭い小路《こうじ》が増えた。家屋が密集する道の悪い通りを、石英の指示で何度も曲がった。

石英を急かしても馬車の速さは変わらない。わかっている。暴れる馬車の縁を、紅花は握りしめた。

運河のいたるところに、水際に下りられる石段が作られている。女性たちが洗い物をしながらお喋りに興じていた。

楽しげな女衆の姿を見て、紅花は、また九曜といっぱい話せるようになるのか不安になった。つい目を背ける。

闇が濃くなるにつれて、街路の店舗が提灯を吊るしてゆく。

廟と舞台が設けられた小さな広場を過ぎて、馬車はようやく停車した。

「二階の窓から灯《あか》りが見えるな。だが、どうする気だ、紅花。高家の子息をつれ去ったのだ。素直に家にあげるとは思えぬぞ」

空蟬の自宅は、馬車が二台ほど通り抜けられる街路に面して建っていた。窓は開け放たれ、室内の柔らかい灯りが、薄紅色の貝殻を塡《は》めこんだ格子窓と、漆喰《しっくい》壁の白色を輝かせていた。

家屋の背後には幅の狭い運河が流れている。空蟬は、運河を使って帰宅したにちがいない。馬車よりも速いうえに、自宅裏に舟をとめて階段を使えば、人目を避けて客をつれこめる。

客は身分のある者も多いはずだ。空蟬は人と隠れて会える場所を、あえて棲家《すみか》に選んだのだろう。

「壁を登って二階の窓から様子を探ろう。天佑殿、頼めますかな?」

空蝉の自宅に、空蝉がいるとは限らない。空蝉のほかに何人いるかもわからない。正面から訪問するのは無謀だ。まずは敵の状態を知らねばならない。

幸い、二階の窓から内側が覗けそうだった。けれど、天佑があっさり首を振った。

「私は、武芸は、からきしです」

そっと石英を見ると、びしっと指で鼻先を指された。

「俺も文官だ。剣より筆だ。おまえは戦場帰りなのだろう? おまえが登れ」

年上の男たちの怯懦《きょうだ》(臆病《おくびょう》)ぶりに、紅花は内心で呆れた。かといって、紅花もまた問題を抱えていた。

「お忘れですか? 私の利き手は震えるのです」

右手を振ってみせる。

登っている最中に指が震えれば、墜落する。死ぬ事態もありえる。

石英がうめいた。使えないやつだと思っているのだろう。だが、お互いさまだ。

空蝉の自宅を目の前にしながら、どうやって侵入するかと、三人で額をつきあわせた。

猶予はないとわかっている。

しかし、見境なく飛びこんですべてを台無しにはできない。

幾度かの提案と拒絶が繰り返された末に、とうとう天佑が手を打った。

「むかいの家に頼み、窓越しに様子をたしかめてみてはどうでしょう？」

天佑の提案に石英が首を振った。

「庶民が俺たち役人を歓迎するはずない。正当な根拠がなければ門前払いですぞ！」

石英の言うとおりだ。見知らぬ役人が突然ずかずか自宅に押し入ってきたら、いい気はしない。痛くもない腹を探られるだけならまだしも、役人によっては病名をでっちあげて、賄賂という治療薬を購入させる。

紅花は顎に手をあてて、天佑と石英を眺めた。

「方法はあります。天佑様、少し乱暴な手段になりますが、一緒に来てもらえますか？」

天佑が答えるより先に、石英が身を乗り出して紅花に迫った。

「俺が一緒に行ってやる。文句はないな」

なにがあっても紅花から目を離さないという意志が感じられた。天佑に目をむけると軽くうなずかれた。

本当によいのか疑問だった。

だが、問答をしている暇は一切ない。

「私は、乱暴しますと言いましたからね？」

紅花はさっそく石英の口を手で押さえ、石英に襲いかかった。

「ふっ、う……あううっ？」

目を見開いて、石英がすぐさま抵抗する。が、本気かと疑いたくなるほど弱い。哀れにも思ったが、石英よりも九曜の身が不安だ。計略の失敗は許されない。

心を決めようと覚悟した。

「暴れてもやめませんよ。諦めて」

遠慮なく石英の帯剣を奪うと、簪を抜き去った。襟の袷《あわせ》をわり開き、袖を破る。

「はっ、んっ、ううんっ！」

湿った呼気が掌を濡らす。石英の唇をぐっと強く押さえた。声をあげられては、空蝉が異変に気づくかもしれない。

おとなしくしていてくれと内心で告げながら、衣服を乱して荒い息を吐く石英を馬車から引きずり下ろした。

路面に激しく石英の体がぶつかった。踏まれた蛙《かえる》のように崩れる。上々の出来栄えだと、石英の姿を眺める。

「……石英には、容疑者にされた怨みがありましたか？」

天佑に問われて、「いいえ！」と即座に答えた。

身に覚えのない殺人容疑をかけられてはいるが、紅花は開封府の役人を怨んではいない。必要だから、準備をしただけだ。天佑が相手でも同じようにした。

とはいえ、もう一度、地面に突っ伏して震えている石英を見おろして、思った。もしかしたら、自分はかなり怒っているのかもしれない。

土埃にまみれた石英が荒い息を吐きながら、ようやく起きた。

石英が潤《うる》んだ瞳で紅花を睨みつけた。

「覚えていろよ」

唸《うな》ってから、石英はむかいの家に駆けよった。髪を振り乱しながら扉を叩く。

「暴漢に襲われました！　私は開封府の役人をしております。配下の者が来るまで、どうか休ませていただきたい！」

石英は、九曜が言うほど愚かではない。正確に、紅花の意図を汲《く》みとった。困った役人を見捨てておくなど罪に問われかねない。そんな状況を逆手《さかて》にとってみせた。

まもなく、門がわずかに開かれた。

暴漢は背後にいるけれど。

紅花は内心で思いながら、神妙な表情を作った。天佑とともに門に駆けよる。

「私たちは、医者です。なにがあったか見ておりました！　お役人様の手当をしたいのですが、道具をお借りできますか？」

九曜ほどうまくは演じられないが、紅花の懸命さは伝わったと見える。家主はもちろんですよと、門扉を開いた。

家主の良心に感謝した。だからこそ、申し訳ないと心のなかで謝罪する。

紅花は石英に先んじて門扉をくぐり抜けると、家主の背中を追い抜いた。

困惑の声を投げかける家主に応えず、中庭の石畳を、音を立てぬように駆け抜けた。

追いかけてくる足音は三つ、石英と天佑と家主だ。二人の足では家主に捕まるかもしれない。けれど、助けている暇はない。開封府の文官ならば口上は得意だろう。

なんとか対処するはずだと判断して紅花は急ぐ。家屋に侵入して二階へと上った。

通りに面した部屋に飛びこみ、静かに窓を開け放つ。

目を凝《こ》らすと、九曜と何者かの姿が見えた。

まだ、生きていた。

警戒を保ちながらも、少しだけ安堵したとき、紅花は信じがたい光景に絶句した。

息を切らした石英が、「極秘捜査だ」と家主を追い払い、窓際に駆けよってくる。

石英の気配が背後に迫る。だが、紅花は振り返らなかった。

2

「おい、九曜といる、あの女は、どこの誰だ？」

問いかけられても、紅花には返せる答えがなかった。

疑いと確たる自信が胸中で混ざりあう。唇をしっかり貼《は》りつけて、紅花から言葉を奪っていた。

「……おい、おいおい、嘘だろう。もしや、……蘇《よみがえ》ったのか？」

石英の声は困惑と恐怖に震えていた。言葉にされて、紅花の凍《こお》りついた体が、ゆるやかに熱を持ち始める。

惑乱する石英の横顔をちらりと見上げてから、紅花は正面の景色を見つめ直した。

九曜のそばには、髪を結いあげ、白粉に紅を引いて、女衣をまとった美女がいた。見覚えがある。開封随一の妓女、蛍火の姿だ。

ありえない。

紅花は頭を振った。蛍火は間違いなく死んでいた。自らの手で脈を測り、呼吸をたしかめた。瞳孔に光は照り返さず、腔内からは腐敗臭がしていた。

今まで信じていたものが、すべて失われるような不安に襲われた。

殭屍《キョンシー》——ぎゅっと強く瞼を閉じて、恐怖をやり過ごす。しっかり目を凝らして、目の前の現実とむきあった。

蛍火は死んだ。ならば、蛍火の姿をした別人だ。蛍火と血肉を分け、ともに育ち、今は演技を生業《なりわい》にしている者を、紅花はひとりだけ知っている。

「空蟬です。女の装いをしているけれど、空蟬にちがいない」

信じがたい心境で告げた言葉は、少しだけ語尾が震えていた。

「冗談だろう？　空蟬は男だったぞ……待て、待てよ、俺は混乱している」

装飾品を身に着けた空蟬は、遠目からは女に見える。舞台での演技力が嘘だったかのように、空蟬には女の仕草が板についていた。

触れればたやすく壊れてしまいそうな儚さを持ちながら、哀れを誘うのではなく、九曜に接する動きには心からの慈しみが感じられた。

弱さを知っているからこそ、美しくあろう、気高くあろうと律するかのように、修練された所作からは、空蟬の高潔さと意志の強さが伝わってくる。

「空蟬は妓院育ちですよ。きっと、幼い頃から女として生きてきた」

女の装いをした空蟬と、男の装いをした空蟬、衣服と化粧を変えただけで、中身は変わってなどいない。ならば、本当の空蟬は、どちらなのか。

「女になりきっておる、と？」

信じがたいと、石英が食い入るように空蟬を見つめている。

凜としたたたずまいは好ましい。心を揺さぶられずにはいられなかった。その心身ごと両腕で包みこみ、すべての敵から、守りたいとさえ思わせる。

たとえるならば、淡雪のようだ。掌に捕らえれば消えてしまう繊細さと、遮るもののない広大な草原をすっかり覆い尽くす雄渾《ゆうこん》さがある。危険な香りだ。かつては姉の蛍火よりも評判が高かった男娼は、けっして美しいだけの存在ではない。

儚いように見えても、鋭い牙《きば》を備えている。空蟬は、捕食者だ。美貌という武器に磨きをかけ、人の心を奪い、支配して、征服しようと狙っている。

空蟬の瞳には、九曜が極上の獲物として映っているはずだ。金を持った初心《うぶ》な青年など、手練《てだ》れの空蟬にとって警戒するに足りない相手だ。

「九曜は、空蟬に女の装いをさせて……なにをしようと？」

椅子に座る九曜と、それを見おろす空蟬が、なにかを話している。

光景だけから解釈するなら、年上の美女と身分のある青年が、密かに恋を語らいあっているかのようだ。

略取されたわけではない。やはり、九曜は自らの意志で紅花を出し抜いた。

空蟬と二人にならねば得られぬ殺人の証拠とはなにだ。想像がつかない。紅花は奥歯を嚙みしめる。

窓越しに恋愛劇を見せられているような、もどかしくて奇妙な心地だ。舞台上が別世界であるように、紅花と石英と天佑は、なにが起きるか見守るほかない見物衆だった。

手に汗を握る。脳裏には、ずっと危険の文字が躍っている。

九曜の聡明さを、紅花は知っている。すべては先見の範囲内なのか。確実な安全など、存在するのか。

失われた命はとり戻せない。たとえ殭屍として蘇る術があったとしても、今の九曜とは別の生き物だ。

ただ単に見ているだけでよいのか。

九曜はなにを狙っているのだ。

私にはなにができる。

空蟬がくるりと窓際を振り返った。気づかれたかと、息を呑んだ。

だが、灯《つ》りの点けていない窓の内側は、空蟬からは見えない。紅花は息を殺す。

空蟬が、そっと胸元に手をやり、襟の袷からなにかをとり出した。

「おっ、おい、ありゃ、刃物だぞ?」

石英の声が上擦った。紅花は上唇を舐めた。空蟬が後ろ手に刃物を隠して、九曜に近づく。だが、夢中で話し続ける九曜は、空蟬の変化に気づいていない。

首から腰にかけて、ぞっと震えが走った。久方ぶりの戦慄《せんりつ》だ。戦場に残してきたはずだった。血がいれ替わるような、激烈な変化だ。感覚が研ぎ澄まされ、いつもよりも世界が広く感じる。

窓から飛び出しても間にあわない。蛍火がどうやって殺されたのか、状況を再現したのは、紅花と九曜だ。

次に、なにが起きるか知っている。だから、すべてが遅かった。

九曜のもとにたどりつく前に、すべてが終わる。

空蟬がゆるやかに刃物を振りあげた。蝶を彷彿とさせる、可憐《かれん》な舞のようだ。

石英が悲鳴をあげた。九曜の名を叫んだのかもしれない。

今ここに、弓さえあれば！

戦場で味わった後悔を、再び体験することになろうとは。紅花はぐっと右手を握った。

「紅花」

手に触れたのは、弓だった。持っていたのは、天佑だった。渡そうとしている。天佑と視線が交わった。一刹那だったが、紅花には天佑の強い信頼が伝わってきた。

紅花はすばやく決断し、己を動く肉塊に変える。五感が研ぎ澄まされる。これだと体が歓喜する。矢筈《やはず》を弦にかけ、まっすぐ闇夜を切り裂いた。

3

矢は、空蟬の背に吸いこまれた。

すぐさま九曜が振り返った。背に矢を貫《つらぬ》かれたまま、空蟬の体が崩れる。役者が去り、窓のむこうには九曜だけが見える。

次の矢を番えたまま、紅花は固唾《かたず》を呑んで見守った。空蟬が起きあがる気配はなかった。

「すぐに開封府にむかい、耳目をつれてこい!」

石英が窓辺から、夜にむかって叫んだ。馬車の疾走音がする。近隣住居の灯りが増え、窓が乱暴に開けられてゆく。

九曜は椅子に座ったまま、じっとこちらを見ていた。視界には闇しか映っていないはずだ。なにを観察しているのだろうか。驚きも悲しみもない、静かな表情を見返して、ようやく紅花はすべてを悟った。

「そうか、証拠ね」

「はぁ? 何だ? 今、何と言ったっ?」

石英が叱りつけるように問いかけてきた。

窓越しに九曜を睨みつけて、紅花は弓を握る手に力をこめた。

「九曜は、蛍火を殺害した方法を再現してみせたのです。追い詰められると人間は、無意識にでも、慣れた行動をとろうとするそうですから!」

語気強く言いきって、紅花は奥歯を噛みしめた。腹の底から、怒りがこみあげていた。

手の届く範囲にいるなら、有無を言わさず殴ってやりたい。

「弟であれば蛍火は警戒を解くし、女に変身すれば妓院に侵入できるか。そのうえ、殺害方法を再現できるのだから、犯人ってわけか。いずれにせよ高家の子息を略取し、襲いかかったのだからな、罪は明らかだ、処罰は免れなかった」

呆れた顔つきの石英だが、どこか悔しさを押し隠しているような気がした。肩をすくめる姿を、紅花はなんとも言えない気持ちで眺めた。

証明は、観覧者がいなければ成立しなかった。

九曜は、開封府の役人である石英こそを、証人に仕立てあげたかったにちがいない。

だが、石英に告げるのはやめた。間違いなく、真実であるだろうが、石英をよけいに苛立たせるだけだ。

「命をなんだと思ってるの」

九曜に聞こえないとわかっているから、紅花は口のなかで呟いた。

無事でよかったと思う。宣言どおり、九曜は事件を解決してみせた。紅花の疑いは晴れた。

安堵した。まったく、犯人に犯行を再現させ、現場を押さえるなど、冴えたやりかただ。素晴らしい。聡明さには心から賞賛の言葉を贈りたい。

だが、できない。

紅花を騙《だま》して、犯人とともに姿を消した。空蟬が犯人であると証明するために、命を危険にさらした。紅花のためだと自惚《うぬぼ》れるほど愚かではない。

九曜にとって命など、惜しくないのだ。

ふっと、九曜の表情が変わった。ただならぬ警戒だ。

九曜が目の先を床にむける。

紅花はぞっと戦慄して、すぐに駆けだした。

空蟬が生きているかもしれない。

背後から石英と天佑が追いかけてくるが、遅い。扉を開け放ち、家主の体をつき飛ばして一階に駆け下りた。

「いったい、どうした!」

中庭を抜けて門を出る。路地から空蟬の家を識認して、走りながら窓辺を見上げる。

九曜の姿は見えない。悲鳴もなにも聞こえてこない。なにが起きたのか。空蟬を射た後、すぐに駆けだすべきだった。

呼吸をとめ、気合をいれて木戸を蹴破る。月灯りに、白壁がぼんやりと光っている。

石畳の感触に、立地はよいが、年代物の住宅だと知れた。かつては栄華を誇っても、今は売れない役者だ。なにを思いながら妓院を出たのだろうか。新しい生活を始めたいとは、望んでいなかっただろう。

一階部の格子窓から屋内を覗いた。暗いが、人の気配はない。

懐具合を考えれば、ひとり暮らしのはずだ。格子を両手で掴み、揺すってみる。掌に伝わる振動に、いけると確信して肘打ちをした。

三度、思いきり打って格子窓を外す。窓台に手をかけて室内に入る。すぐさま周囲をたしかめる。

二階部からこぼれる灯りが、階段を照らしている。急いで駆けたい心を抑えて、闇のなかを手探りで慎重に進む。

家具は少なく、整頓《せいとん》されていた。いつでも出ていけるような、生活感のない住宅だった。階段の下から、そっと二階を見上げる。

突如、闇を引き裂くような、高い悲鳴が響き渡った。

たまらず、紅花は二階に駆け上った。

「九曜！　無事っ？」

大声で九曜を呼びながら、扉を押し開けて、部屋に駆けこんだ。

「待っていたよ、紅花。殺害方法を話し始めたら、急に襲いかかってきた」

九曜の顔には、喜びの色が浮かんでいる。死体の謎を解き明かし、人に認めさせた。紅花も、事件解決を喜ぶはずだと信じて、賞賛の言葉を待っているのかもしれない。

「なにを……しているの？」

部屋には、九曜と空蝉がいた。俯せの空蝉を九曜が踏みつけ、矢を摑んでいる。

だが、抜こうとしているのではない。ぐいぐい矢を押しこみ、容赦なく傷口を抉っている。

空蝉はすでに撥ねつける力もないのか、悶《もだ》え苦しみ、激しい痛みにうめき声をあげていた。

「まったく、思ったとおり。こらえ性のない男だよ。さぁ、教えろ、誰に人殺しの習いを受けた！」

九曜が凶悪な微笑みを浮かべて、空蝉の矢傷をさらに激しく、円を描くように抉った。

悲鳴が、部屋に響き渡る。

「いったいなにが起きてるんだ！」

空蝉の悲鳴が終わる前に、石英が部屋に飛びこんできた。九曜と床に倒れている空蝉を見て、石英はすぐに九曜の腕を引っ張った。

「離れろ！　おまえはそいつに殺されかけたのだぞ、怨む気持ちはわかるがやめろ！」

石英の腕を振り払い、九曜はなおも空蝉の体を何度も踏みつける。

「もうすぐおまえは死ぬぞ、空蝉！　黙っておく必要など微塵もないだろう？　死ぬ間際だろうが、拷問はできるぞ！　葬儀屋の白雲かっ？　どうなんだ！」

「いいから離れろ、髑髏真君！　もう、自白は必要ない。略取に、殺人未遂だ、空蝉の罪は明白だ！」

「だから、おまえは石頭だと言うのだ！　蛍火殺害も再現してやっただろう！　どうだ、ぼくが正しかった！」

九曜が喚く。紅花は空蟬の傍らに膝をついた。完全に虫の息だ。幾多の死を看取《みと》ってきた紅花には、もう助からないとわかった。

紅を引いた唇が震えている。遠目には、仙女のように映った空蟬だが、間近で見れば、女のように化粧をした、紛れもない男だった。荒い息遣いに喉仏が蠢《うごめ》き、幅広の肩が小刻みに震えている。

「どうして……私は男の身に生まれたの……」

空蟬が小さくこぼした。

旬《しゅん》を過ぎた果実だ。地に落ちて果肉を削《そ》ぎ落とし、種となって、再び芽を出すはずが、しっかりと枝にしがみついたまま汚れて腐り、枯れようとしている。

人の腐敗臭は、腐りかけた果実の臭《にお》いに似ている。

「こんな体、……嫌よ……」

空蟬が瞼を閉じた。涙がこぼれ落ちていく。涙が頬を流れて耳元に消えてゆくのを見ているあいだに、空蟬はこと切れていた。

紅花は空蟬の呼吸を調べ、脈を測り、瞳孔をたしかめる。慣れた手順だ。

絶命をたしかめて、紅花は立ちあがった。肉塊と化した空蟬は、死の一刹那からゆるやかに朽ち始める。

異変に気づいたのか、九曜が瞼を見開いて、石英をつき飛ばした。空蟬の傍らに膝をついて、脈をとる。

「あの夜、妓院には、二人の蛍火が存在した」

「私たちも、さっき見た。空蟬を知らなかったら、蛍火だと思ったはず」

剣呑《けんのん》な声で、九曜の背中にむかって返事を投げる。

「邪魔が入ったおかげで、殺害動機を永遠に聞きそびれた」

鼻を鳴らして、九曜が石英を睨みつける。

紅花は空蟬の遺体を見おろし、姉を殺さずにはいられなかったわけに、思いを馳せる。

蛍火は、裕福な男に、身請けされる予定だった。多くの妓女が理想とする終幕だ。空蟬も、妓女として有終の美を飾りたかったのかもしれない。もしくは、女として誰かに愛される生きかたを望んでいたか。

答えは永遠にわからない。空蟬は死んだ。

かつて、蛍火と空蟬は、同じ運命を歩んでいた。しかし、空蟬は成長した。姉は、開封随一の妓女、弟は売れない役者だ。

弟は、嫉妬しただろうか。蛍火を殺しても、女にはなれないとわかっていたはずだ。蛍火の命を奪っても、空蟬はなにも得られない。頭ではわかっていても、憎しみが勝ったのか。

「犯人の心に関心を持つなんて、珍しいな、髑髏真君」

「紅花が知りたがっていたからな。犯人を射たのは、君だが」

九曜の指摘が、紅花の胸に矢を射る。

「私が弓を射なかったら、あなたは死んでいた」

命を粗末《そまつ》にするなとねめつけると、九曜は悪びれずに肩をすくめた。

「死ぬ気なんてなかった。君を、待っていた」

「嘘ね。あなたは、自らの正しさを証明するためなら、死んでもよいと思っている」

九曜が紅花をじっと見つめて、鼻を鳴らした。

「そのとおり、ぼくは、正しさを証明した。君の右手は、君を、裏切らなかった！」

紅花は九曜の台詞を頭のなかで繰り返してから、あっけにとられた。

「あなたは最初から、私に弓を射させるつもりだったの？」

「追い詰められると人間は、無意識にでも、慣れた行動をとろうとする。覚えているか？」

軽くうなずくが、信じがたい思いだった。

「私の手が震えないと、完治していると証明するために、あえて危険に身をさらしたとでも？」

紅花はあらためて、髑髏真君と揶揄される青年を見つめた。

「楽しめただろう？」

「なにを？」

「犯人を追いかけて、射殺した」

九曜が笑った。

たしかに、興奮した。

戦場にいるときに感じていた感情とよく似ていた。

そうだ。だから私は……。

戦場で無理をしていた理由がわかった。

私は国や人のために尽くしていたんじゃない。危険を味わい、自分が気持ちよくなるために行動していただけの偽善者だった。

紅花はたどりついた答えに衝撃を受け、恥ずかしいと思った。

私はこんな人間だったのか。

「その貪欲《どんよく》さが美しいよ」

九曜がうっとりとした顔で微笑んだ。

「美しい……？」

「ああ、美しい。この大都市を見ろ。人の貪欲さで発展したんだぞ。美しさを磨く者、腹を限界まで満たそうとする者、生きるために他者の懐から金をかすめとる者、野心ゆえに暗躍する者。けっしてお綺麗ではない。だが、人の欲望が集まってこの都市は成長したのだ。貪欲に正直にあれ、許紅花！」

醜《みにく》いと思った部分も、九曜から見たら美しいのか。紅花は救われる思いがした。本当の自分をつきつけられて動揺したが、考えもしなかった物の見方に世界が変わって見えた。

私は危険が好き。なによりも好き。引き絞られた弓のような緊張感、風や大地と一体となっているような臨場感がそこにはある。生きているという実感がわく。

九曜が、本当の私を見つけてくれた。ありがとうと言いかけたが、窓外のさわぎに意識を奪われた。

「さわぎを聞きつけたやつらが見物に集まってきやがったな」

石英が窓辺から外を見おろして、舌打ちをした。

まもなく、部屋には石英の下級役人たちがあらわれた。

「おまえたちは、今夜は帰れ。詳しい話は明日、開封府で聞く」

「嫌だね、断る。今すぐに、空蟬の死体を調べたい！」

「今回は、たしかにおまえが正しかった。だが、あんまり喚くな。被害者なのだぞ。おとなしくしていろ！」

憤慨《ふんがい》する九曜が身を捩るのを、石英が押さえる。

「ぼくらが被害者なんてものになったのは、おまえたちが無能なせいだぞ。紅花など、犯人だと疑われた！」

「わかっている。おまえが殺されそうなところを救ってみせたのだ、報奨ものだ」

「口先だけなら何とでも言える、誠意を見せろ！」

「どうしろってんだ。正式に謝罪すりゃ、満足するのか？　それとも、謝礼が欲しくなったのか？」

石英が喉の奥から声を絞り出した。憤りをなんとかこらえているようだ。

「紅花に嫌疑をかけたのは、金豚だな？　おまえは金豚をとめなかった。だが、おまえについては、紅花が直接に報復をすませているようだから、今回は容赦してやろう。代わりに、金豚を狩ってこい！　やつは、空蟬から賄賂を受けとっているぞ！　とうとう、尻尾《しっぽ》を摑んでやった！」

闇夜に九曜の高笑いが響き渡った。

石英が一瞬だけ動きをとめ、紅花をじっと見つめた。

「俺は、とめなかった。疑わしければ、誰であろうと見逃さない。今後も、俺は、変わらない」

「承知しております。石英殿は職務を果たされただけです。怨んでなど、おりませぬ」

石英は乱れた布衣に手を這わせて、唇をゆがめながら乾いた声で、ふっと笑った。

「布衣は使い物にならぬだろうが、弁償しろとは言わぬ」

「よき心意気だな石英。さて紅花小姐、九曜殿。家に戻るのなら私が送ろう」

「大荷物ですぞ劉天佑様」

「かまわぬさ」

天佑の言葉に、さっそく石英は官吏数名を呼び集めた。今度こそ、九曜の言葉に従って、不当な役人を捕縛にむかうのだろう。石英の仕事は、まだ終わらない。

官吏も苦労が多いなと、九曜の腕を摑みながら、紅花は走り去る石英の背を見送った。

4

壊れた木戸から街路に出ると、想像以上に騒然としていた。さわぎを聞きつけた見物人たちを、「排斥」「回避」と記した高札を掲げた下級役人たちが、提灯を片手に追い払っている。

空蟬の住宅からあらわれた紅花と九曜を、見物衆が目ざとく見つけて駆けよってくる。紅花は九曜を背に隠しながら、下級役人のあいだを足早に抜けた。

「それじゃあ、まずは紅花小姐の家にむかいましょう」

天佑が川岸にむかい、舟を呼びとめた。紅花と九曜も一緒に乗りこむ。

南に進むにつれて区画が整備され、家屋の規模も大きくなってゆく。開封都の東側、ちょうど東青門を中心に、昔から軍営地が散在している。

飲料水の便が都の西側よりも悪い弱点はある。けれど、兵士やその家族が大勢暮らしているので治安がよく、兵の慰安のために娯楽施設も用意されており、皇族宅も建てられている。

「危険な真似でしたね」

天佑が紅花を見つめた。九曜は素知らぬふりをしている。

「弓を持ってきてくださって、助かりました。私は……私を信じていなかったから」

紅花だけでは、九曜を救えなかった。その結果は、きっと紅花をさらに追いこむ羽目になっただろう。天佑が救ってくれたのだ。

「心配しました」

真面目な顔で言われるので、

「申《もう》し訳《わけ》ありません」

と素直に告げる。

「謝ってほしいわけではありません」

「それでは、どうすれば？」

天佑がため息をついた。

「女子らしくなさってください。私が引きとめても、あなたは走っていってしまう」

紅花はふっと微笑んだ。

「諦めてください。私は、そういうふうにできているのです」

「諦めません。私は、あなたを変えてみせます」

天佑の言葉に、紅花は小首を傾げた。

「変えて、どうなさるのですか？」

「一緒に、人々を救ってゆきませんか？」

天佑は、科挙を受けて御薬院に勤める前は、医師をしていた。天佑の言葉は、紅花の胸を揺さぶった。

「人を救いたいとお考えなのですか？」

「はい。だからこそ、医師だけではならぬと役人になりました」

どうですか？　と、微笑みを浮かべた天佑に、紅花は少し緊張を覚えた。

「だめだ。紅花はぼくと戦うんだ。これから一緒に、冒険をするんだからな！」

冗談など欠片も感じられない、純真な叫びだった。天佑と九曜が睨みあった。

紅花はふふと笑った。

「結婚は、まだ考えておりません」

「それでは、お父上に、私の気持ちだけでもお伝えしてかまいませんか？」

ゆっくりと時間が流れていく。天空を見上げると、満月が浮かび、星が輝いていた。戦場では満天の星が見られたが、夜でも明るい開封の首都では見られない。紅花は見えない星のことを想《おも》った。探してほしいと、訴えているだろうか。

「少し、考えさせてください」

儒教の強いこの世界では、子女の意見など男には相手にされないものだ。天佑はどう答えるだろうか。

「あなたを変えると言いましたが、私も変わるつもりです」

天佑の瞳は煌めいており、花が咲くような微笑みを浮かべた。

はじめて天佑の本当の笑みを見た気がした。

舟が紅花の実家脇にある川岸に到着すると、九曜が声をひそめた。

「このまま舟に乗ってぼくの隠れ家に行こう。四日間だ」

天佑はすでに舟を降りている。紅花は緊張しながら、周囲を見まわした。異常はなにも起きていないように見える。

「ごめん、なんの話をしてるの？」

どこかに四日間、隠れようという意味なのか。意図がわからず首を傾げる。

「君の怪我だよ、紅花」

至極当然のように明言された。なにを言っているのだろうか。紅花は己の体を見おろしてから、首を振った。

「私は、どこも怪我なんてしていないよ」

「これから殴られるんだよ、君は」

不穏な予言に、紅花は眉をきゅっとよせる。

「だから、私が、どうして殴られるの？」

空蟬の事件は解決して、殺人容疑は晴れている。九曜が船頭に舟を出せと言うが、天佑が引きとめている。

九曜が紅花の背後を指さした。いったい誰から隠れようとしているのか。

振り返れば、川岸に女の姿があった。

拳を振りあげた鞠花だ。猛然と駆けてくる。だ。突進する勢いで、紅花に迫る。根拠はわからないが、鞠花の激しい怒りは、紅花が原因なのだと悟った。

すぐさま、九曜が険しい顔つきで、舟から飛び降りて紅花の前に出た。片腕をあげて、鞠花の行く手を阻む。

紅花を庇っているなら嬉しい。だが、失敗だ。鞠花は九曜を強引によけると、紅花の目の前に立った。

「どこ行ってたの、紅花！」

鞠花の手がさらにあがる。頰を叩かれるのかと思った。九曜の予想どおりか。開封府の捜査は、医院にも及んだはずだ。病人でごった返しているなかで官吏の相手をするのは、さぞかし煩わしい手間だったにちがいない。迷惑をかけられたと、憤っても不思議ではない。

しかし、鞠花の両手は紅花の頰を包んで、それから豊かな胸に抱きしめた。

「ええと、……お忙しいなか、ご迷惑をおかけして申し訳ありません」

殴られなかった。怪我もしなかった。

ただ、熱く抱きしめられている。

紅花はどう応対すればいいのかわからず、されるがままになった。

「そうじゃないでしょ！　開封府の報せが来て、どれだけ捜したと思ってるの」

街路を動く提灯が、鞠花の顔に濃い影を落とした。影のなかに、鞠花の悲しみが詰まっているようで、ずきりと胸が痛んだ。

「私の憂慮を……、してくださっていたのですか？」

鞠花が顔をくしゃっとゆがめて、涙目で紅花を睨みつけると、どん、と肩を叩いてきた。

重みのない拳だったが、三度目が最も心に響いた。

「ぼくの主治医を放せ！」

ちらりと九曜を見ると、地団駄を踏んで憤慨している。

殴られもしないし、怪我なんかもしてない。九曜の予見が外れる事態もあるんだな。九曜とて完全ではないのだ。それはそうかと、紅花はあたりまえの事実を実感した。

同時に、鞠花が心を痛めてくれたなら、受けとめたいと思った。

九曜が紅花の腕を摑んで、鞠花から引き離そうとする。

「誰が、誰の主治医ですって？　妄想もいい加減になさいな、髑髏真君！」

鞠花の手が、紅花の反対側の腕を摑んで、思いっきり引っ張った。

九曜と鞠花が、紅花を挟んで、激しく睨みあう。

「ふ、二人とも、どうか落ちついて。姉上は私を傷つけぬし、九曜には、主治医にならぬかと誘われております」

どちらも誤解していると、紅花が話をする。だが、聞く耳を持たない。

「とにかく、帰りましょう」

「待て、紅花はぼくと冒険に行くのだ！」

このままでは、鞠花の気の強さと、九曜の高慢さによって、体を左右に引き裂かれかねない。紅花は、両腕を引いて、二人の体を引きよせると、説得を試みた。

「私は一度、家に戻ります。これまで私がなにをしても憂慮することのなかった父上だけど、さすがに犯罪の嫌疑をかけられたのははじめてだから、無事な姿を見せて謝らないと」

「必要のない謝罪をしたり、責めを甘んじて受けとめたり、君には被虐の趣味でもあるのか！」

九曜が喚きながら暴れるので、軽く睨みつけた。

「あなたの暴言の数々だって、喜んでいるわけじゃない。私が、我慢をしているの」

九曜は聡明だが、馬鹿だ。人の心がわからないなら伝えるまでだ。思いっきりぶつかってくるなら、紅花だって遠慮はしない。ありのままの気持ちをぶつけてやる。

紅花の手を振り払い、九曜が唇を尖《とが》らせた。

「君の忍耐強さは知っている。だが、ぼくは、我慢なんて大嫌いだ！」

鞠花が文句を言いかけたが、紅花は首を振って制した。九曜の強固無比な意志を変えるには、手間と時間がかかる。船頭がちらちらと好奇に満ちた目をむけてくるなかで、押し問答を続けるなどごめんだ。

「すぐに戻る。待っていろ」

九曜が船頭に告げて、紅花に「降りろ」と告げた。

紅花は鞠花を宥めながら、医院の扉をくぐり、中庭を通って、家屋に入った。九曜と天佑も一緒だ。

期限が迫っている。答えを、告げなければならない。正直なところ、迷っている。紅花は右手をぎゅっと握りしめた。震えないと、九曜が証明してみせた。言葉では言い尽くせないほどに、感謝している。

だが、九曜は、髑髏真君と呼ばれる青年だ。軽い気持ちで関われば、きっと互いに傷つく羽目に陥る。

医院の一室には、許希と母親の林笙鈴《りんしょうりん》がいた。小柄で、可憐で、人には年齢よりも若いと思われる。

「無事だったのね！」

笙鈴が駆けよって抱きしめてくれた。

「ご心配をおかけして申し訳ありません。こちらは、高九曜殿です」

九曜を家族に紹介するが、九曜は挨拶することなく、紅花を見つめた。

「今の君なら、軍医にも、兵士にもなれるな」

じっと紅花に眼差しをむける九曜が、どことなく不安を漂わせているように感じた。

だが、きっと、紅花の気のせいだろう。

「あなたは私の人生を変えた。ありがとう、九曜」

「戦場に戻るのか？」

九曜がそっぽをむいた。少し丸まった背中に、紅花は語りかける。

「戦場にはあなたがいない。でも、あなたのそばには戦場がある。九曜、あなたが正しかった。あなたが本当の私を見つけてくれた。私は、真実が好きよ」

九曜がぱっと振り返った。素直なのか意地っ張りなのか、幼子《おさなご》っぽい素直さがおもしろくて、紅花は思わず笑った。

九曜がちょっと目を見開いて、「ぼくは、いつでも正しい」と唇を尖らせる。

「紅花、顔つきが変わったな。いや、戻ったというべきか。なにか、覚悟を決めたのかね？」

許希の優しい声音に、紅花は思わず胸を押さえた。許希の指摘は正しい。心は、すっかり決まっていた。呼吸を整えてから、許希の前にひざまずいて深く拝礼をする。

「私の手は治りました。医院を出て、九曜の主治医になりたいと思います」

「そうか。……おまえの人生だ、行っておいで」

穏やかな瞳にうなずいて、不安そうな表情を浮かべる鞠花と母親に「いってきます」と告げた。

「いつまでもお待ちしていますよ」

天佑が腕を組んで紅花を見つめた。穏やかな顔に、胸がどきっとした。

「髑髏真君の主治医なんて、きっとすぐにたえきれなくなるわ。そしたら、いつでも帰ってらっしゃい」

鞠花が手を差し伸べた。紅花はその手を強く握った。

「馬鹿め！　瞼を開いているくせに、いったいなにを見ているのだ！　観察しろ！　凡愚であるなら、観察眼を磨く努力をしろ！　今回の事件だって、無能な検屍助手が原因だ！　まともな診断を下していれば、問題はひとつも起こらなかったのにな！　いいか、紅花は、逃げたりなどしない。鋼《はがね》の心を持つ女なのだ。なんたって――」

「九曜、行くよ！」

紅花は九曜の口を押さえ、さらなる禍根が撒《ま》き散らされる前にと、医院の扉を飛び出した。

本書は書き下ろしです。

講談社タイガ

〈著者紹介〉

小島 環（こじま・たまき）

1985年生まれ。愛知県立大学外国語学部中国学科卒業。2014年、「三皇の琴 天地を鳴動さす」で第９回小説現代長編新人賞を受賞。同作を改題した『小旋風《つむじかぜ》の夢絃《むげん》』（講談社）でデビュー。著書に『囚われの盤』（講談社）、『泣き娘』（集英社）などがある。最新作は『星の落ちる島』（二見書房）。

唐国《からくに》の検屍《けんし》乙女《おとめ》

2022年４月15日　第１刷発行　　定価はカバーに表示してあります

著者……………………………小島《こじま》 環《たまき》

発行者…………………………鈴木章一
発行所…………………………株式会社 講談社
〒112-8001 東京都文京区音羽2-12-21
編集03-5395-3510
販売03-5395-5817
業務03-5395-3615

KODANSHA

本文データ制作…………講談社デジタル製作
印刷……………………………株式会社ＫＰＳプロダクツ
製本……………………………株式会社国宝社
カバー印刷…………………株式会社新藤慶昌堂
装丁フォーマット………ムシカゴグラフィクス
本文フォーマット………next door design

ISBN978-4-06-527650-1　N.D.C.913　238p　15㎝